快乐小V的水晶骰子

小 V/著
(网名小精子)

新星出版社 NEW STAR PRESS

图书在版编目（CIP）数据

快乐小V的水晶骰子/小V著. —北京：新星出版社，2011.5
ISBN 978-7-5133-0196-1
Ⅰ.①快… Ⅱ.①小… Ⅲ.①随笔-作品集-中国-当代 Ⅳ.①I267.1
中国版本图书馆CIP数据核字（2011）第025005号

快乐小V的水晶骰子

小 V 著

策　　　划：	闫　超　舒馨亿
责任编辑：	党敏博　羡晓倩
责任印制：	韦　舰
插图绘制：	小　V
装帧设计：	回归线视觉传达

出版发行：新星出版社
出 版 人：谢　刚
社　　址：北京市西城区车公庄大街丙3号楼　100044
网　　址：www.newstarpress.com
电　　话：010-88310888
传　　真：010-88310899
法律顾问：北京市大成律师事务所

读者服务：010-88310800　service@newstarpress.com
邮购地址：北京市西城区车公庄大街丙3号楼　100044

印　　刷：北京佳顺印务有限公司
开　　本：880×1230　1/32
印　　张：8.625
字　　数：208千字
版　　次：2011年4月第一版　2011年5月第二次印刷
书　　号：ISBN 978-7-5133-0196-1
定　　价：25.00元

版权专用，侵权必究；如有质量问题，请与出版社联系更换。

目 录 | Contents |

- 开场白 /1
- 我爱上班 /4

第一次打工的经历……………………………………5
职业梦想……………………………………………11
第一次面试…………………………………………15
黑暗世界欢迎你……………………………………20
都心理变态了吧……………………………………23
没完没了的IPO……………………………………26
出差真的不是公费旅游……………………………29
越干越美丽…………………………………………32
绝地逢生……………………………………………34
扛着大包坐飞机……………………………………37
神秘的Peter同学…………………………………39
男同事的致命臭脚…………………………………41
我是四川人…………………………………………43
老蔡,哇哈…………………………………………46
再残忍的生活,也有它的快乐所在…………………48
再见,安达信…………………………………………50

I

合并之后·· 52
小领导·· 54
每一位同事，都是一出情景喜剧···················· 57
和我一起加班的老爸老妈···························· 61
人员被流动的传说······································ 65
动摇·· 67
去意·· 69
再见，审计师··· 73
SOHO一族：很自由也很寂寞······················ 77
上司是个工作狂·· 80
穷人走日本·· 85
坐在飞机上思考终极问题···························· 90
无休止的证书考试······································ 92
事业型胸闷美少女······································ 96
美国签证··· 100
不知所措的我··· 103
我讨厌讲英文！·· 107
晴天大霹雳·· 110
开始涅槃了·· 113
同事马文··· 117
开会也可以很可乐······································ 121
工作缺乏激情，世界将会怎样······················ 124
各种委员会·· 127
说闲话·· 130
继续上学··· 132
办公室有鬼·· 136
轻轻地你走了··· 139

转机与决定……………………………………………143
工作总结……………………………………………147

☐ 快乐的童年 / 152

北邮大院里的趣味回忆………………………………153
本着为人民服务的精神耍流氓………………………157
惨不忍睹的小时候……………………………………159
童年不切实际的幻想…………………………………162
美丽应该是发自内心的………………………………164
班长的铅笔盒…………………………………………166
读万卷书………………………………………………169
被青春痘覆盖的青春期………………………………171
幸福就是和他一起骑车回家…………………………173
破碎的暗恋梦…………………………………………175
我有一个特立独行的姐姐……………………………177
我们的《雷雨》………………………………………179
屈指可数的艳遇………………………………………181
那年的那些歌…………………………………………183
老妈真是大大的狡猾…………………………………186

☐ 生活总有欢快的一面 / 188

极限运动爱好者………………………………………189
我要做一个滑雪达人…………………………………192
善良的人会永远快乐下去……………………………197

菜花真是个坚强的好同志……………………200
开宝马三系的都是小流氓……………………203
在博客上神出鬼没的默默……………………206
最靠谱青年的不靠谱事件……………………208
我们都有着五光十色的梦想…………………210
吃自助餐的要义：扶墙进，扶墙出…………212
人生何其短，全靠好安排……………………214
这人唱歌还没我好呢…………………………220
老白是一辆屡修屡坏的破吉普………………222
瞒天过海的老爸………………………………224
别以为动物听不懂人的语言…………………226
这是一个普通的周六…………………………232
爸妈喜欢出去玩………………………………236
带着猫啾去看病………………………………238
生死老掌沟……………………………………241
吃货是一种生活态度…………………………243
香山惊魂记……………………………………246
诚惶诚恐验车记………………………………248
交朋友，一定要交住在家乐福对面的………250
荒野大援救……………………………………252
传说中的黄油蟹………………………………259
各类舞蹈爱好者………………………………262
父母就是有一种让人沉静下来的力量………264
幸福天天都点名………………………………266

开场白

　　大家好，我是小V。有时候朋友们也管我叫小精子（精灵古怪的精！！）。基本上，不好意思管我叫小精子的，就管我叫小V。已经没人叫我的大名了，偶尔有人叫起，我会觉得特别生疏。虽然我算是个社会闲杂人等，但平时上班也是很忙的，我们经常被称为"Professional（专业人士）"，别人把我曾经上班的公司归为"四大"之一，"四大"就是全球著名的四家会计师事务所。在我刚刚上大学的时候是"八大"，毕业了之后是"五大"，工作了三年后变成"四大"，不知道什么时候会变成"一大"。

　　我曾经的博客名字叫做"快乐小V的水晶骰子"，我把它也作为了这本书的书名。骰子，总归是有种神秘感的，不知道手一抖落地之后上面的点数是几。就像我们的人生，觥筹交错五光十色的背后，谁没有点儿辛酸的故事呢？这么多年来，我从未提过自己的工作，很多看我博客的人，甚至我的家人或者朋友，都还有人没搞清楚我的工作到底是怎么回事，很多人以为我的本职工作就是吃喝玩乐。我在博客上面写吃喝玩乐，是因为我希望能平衡自己工作上的辛苦或者压力。我工作了十几年，谈不上一帆风顺，但是也没有经历太多的坎坷。我没什么值得称道的家庭背景或者教育背景，也从来不相信天上掉馅饼的事儿。其实每个人都有自己生活中的难处，作为一个小人物，我们只能放平再放平心态，从那些艰辛中总结经验教训，力争让自己更认真一些。

我对各类饭局都兴趣浓厚，但我最喜欢的，还是吃螃蟹，大闸蟹排名第一。

由于饭局很多，所以我估计有一些人是在我的书里不得不屡次出现的，比如大雁、小奥、默默、菜花、豆豆、一毛老师（他永远会伴随着饭局出现）等，他们都是我的好朋友。大雁是宁波人，说话慢条斯理，据说他是有正当职业的，但我怀疑他的职业就是上网聊天；小奥是我以前的同事，英俊帅哥并且非常能说，现在在一家私募公司工作，最近他要推出新书《上班族小奥的千万富翁养成记》，祝他新书大卖；默默也是一个帅哥，但是长相属于幼齿类，是一家很著名公司的公关总监，菜花被我称为"钢板女"，喜欢冒险与摄影，是一家IT企业的市场经理；豆豆是一个非常靠谱的称职老婆，虽然根本不用上班却一直叹息没有经历过艰苦的职业生涯；一毛老师有自己的公司，但是最喜欢的事情是请客吃饭。嗯，大家和我似乎都在很稳定地生活着，不知道几年之后他们和我都会变成什么样子。

哦，还有一个人是我特别要提到的：我的夫君蛋蛋。他很不喜欢我给他起的这个名字，但是没有办法，我完全不受他的管制。蛋蛋同学是个虚伪的环保及非物质主义的极度拥护者，而我是一个真诚的环保及物质主义的极度拥护者，所以，我们之间常常因为去哪里玩以及买什么东西而争执。我要去发达国家买名牌包包，他就偏要去沙漠里睡帐篷。之所以说他虚伪,是因为他虽然去睡帐篷,但是要在早上坐在帐篷外喝咖啡。

嗯,基本就是这些了。现在,你不如去泡上一杯花草茶,然后用一点点时间来看看我是如何工作与生活的吧。

▫ 我爱上班

　　我没有什么在公司里尔虞我诈的经验，不过我知道怎么能平衡心态。越是级别高，说闲话的人越多，当听不见就行了，千万别往心里去。

第一次打工的经历

　　从小我就有打工的理想，因为看过太多励志书籍了。我刚上初中的时候就想，自己赚钱给自己花，那是多美好的一件事啊。
　　于是十四岁的暑假，我马上要上初三了，我跟我妈说"我去打工了"，就踏上了寻找暑期工的漫漫长路。我和另外一个同学小雪一起，问了很多家酒店、餐厅，人家都不要打工的，后来到了一家在白石桥附近的四星级酒店，他们正在招酒店大堂清洁，我和小雪就去报了名。
　　这家酒店刚开业很缺人，但是不招暑期工，于是我们说自己十六岁了，辍学在家要找工作，什么脏活累活都能干。招工的人不看身份证，但是我身材矮小，看着就是十四岁的样子，于是她狐疑地看了我一眼问："她怎么看着有点小？"小雪比我高半头，很冷静地回答："她就是看着小，其实也十六了。"
　　然后，我就得到了一套白色的、很松松垮垮的衣服，一双黑色的布鞋，和一块属于我的抹布。我迷茫地站在酒店大堂里，看着豪华的喷水池、带金色把手的大门、光亮的大理石地面，完全不知道自己应该从哪里打扫起，因为哪里都比我家干净。

负责我们的主管是个男青年，总穿着一身灰色西服，戴眼镜，精瘦。他安排我和小雪分别在酒店大堂的二楼和三楼打扫卫生，主要职责包括擦地、擦各种扶手、擦所在楼层的卫生间马桶、台面和镜子。我在家的时候，我妈形容我是"横草不捏、竖草不拿"，表示我很懒，完全不干家务。现在自己打工，竟然找了一份需要做各种家务的工作，我妈感到很欣慰。

打扫卫生不难，难的是，我和小雪并不是这里唯一的员工，整个清洁团队里有十几个人，除了三个比较年轻的男生、我和小雪，其余都是年纪很大的阿姨。这么简单的一个团队结构，已经让我领会到了什么是工作中的尔虞我诈。现在，让我喝口水慢慢道来。

三个比较年轻的男生里，有一个高个子、龅牙、短头发，暂且叫他龅牙；有一个矮个子、寸头、很黑，暂且叫他寸头；还有一个长得挺帅的，没多久听说就去了酒店的夜总会工作，我再也没有见过。

我负责二楼厕所，鉴于我真的很懒，所以常常趁人不注意就在卫生间的面台上坐着，如果有客人来就赶紧跳下来假装擦水龙头。如果客人进来得很频繁，我就找一个带隔断的卫生间，把马桶盖合下来坐在上面歇着。总之我有各种歇着的办法。有一天我还灵魂发现带了一本《新概念英语》过来，打算不忙的时候念一念，结果被主管发现，挨了一通批评。后来酒店的人知道了我才十四岁正在上初二，所以主管恶狠狠地对我说："我告诉你，你就别给我惹事，踏踏实实过完这个月滚蛋。"

工作不是很忙，但和在学校里一点也不一样，老板可没有老师那么宽容。

有一天我肚子疼，躺在家里实在不想上班，就不去了，让小雪帮忙打个招呼。早上十点多，我在家接到主管的电话，主管在电话里非常生气地冲我咆哮着："你以为你还在学校里上学吗？！我告诉你，你马上过来！否则算旷工！"我吓坏了，穿上衣服赶紧骑着车过去，之后再也不敢随便请假。

通常我会先擦外面的扶梯扶手、茶几什么的，然后再去卫生间擦马桶。有一天我进女卫生间，里面貌似没有人，我正慢条斯理地擦镜子上的水，突然隔断的门响，我回身一看，发现龅牙从里面走了出来！！这是女卫生间！我们原本有明确分工的，除非没有女员工了，否则一定是龅牙和寸头负责男卫生间，我和小雪负责女卫生间。然而龅牙却从女卫生间的隔断里走了出来！他阴险地看了一眼吃惊的我，走了出去。

我至今仍坚定地认为，龅牙一定是在女卫生间的隔断里躲着，试图偷窥。

我把这个想法告诉了小雪，从此我们俩再也不和龅牙说话，因为在我们十四岁的心灵里，流氓是很可耻的。这件事我们没有告诉其他清洁团队的人，觉得说不出口。龅牙显然发现了我们对他的看法，于是开始使用各种手段，让其他人远离我和小雪。

寸头是个很好的人，非常纯朴，不爱说话，我和小雪都喜欢他。他刚开始对我们也很照顾，有脏活累活的话，他都抢着干。可是龅牙的厕所事件没多久，他对我们的态度突然间一百八十度大转弯，有一次还差点儿把墩布扔在我身上，不再跟我们说话，或者说出话来也是恶狠狠的。不仅仅是寸头，清洁团队里有些大妈也开始对我们阴阳怪气，我俩显然被大家孤立了。

我和小雪都不知道是怎么回事，后来还是寸头忍不住说了出来。有天他吃饭的时候突然跟我说："你们是学生有什么了不起的，瞧不起我们，觉得我们素质低？那不要在这儿干啊！"这个时候，旁边的龅牙冷冷地看着我，微笑着走开了。

我和小雪没有什么机会辩驳，也没有机会说自己从来没有说过什么瞧不起他们的话，因为毕竟我们干一个月就走了，而龅牙是长期和他们一起工作的人。龅牙很善于搞人际关系，和主管的关系也非常好，因此我和小雪无论再怎么努力，主管也不肯认可我们的工作。那注定是很痛苦的一个月。

那段时间里，我最快乐的就是和周围的大哥哥大姐姐们聊天。那个时候还没有什么快男超男，四星级酒店门童素质的男生已经很帅了，他们把我和小雪当小孩子，常常逗我们。我最盼着去一楼大堂值班，因为那样可以一直和门童们聊天。但是主管不让我去一楼，一直安排我在二楼。二楼有很多商店，我就跑进商店里和卖东西的哥哥姐姐们聊天，这样工作就不会太闷了。我还曾经在二楼的沙发上看到过正在等人的张艺谋先生。

一个月的日子过得很快，我在诸多人的冷眼下拿到了自己此生赚的第一笔"巨款"：人民币二百元。

那段经历虽然有点痛苦，但让我自己赚钱的渴望一发不可收拾。大学时期，我又报名了各种打工项目，发传单、做促销员、做调查员、家庭教师等。但印象最深刻的，还是在一家叫做"席勒"的西餐厅打工的经历。

在席勒打工的时间是平时晚上六点到十点，周末是下午四点到晚上十二点。具体工作内容就是在餐厅做服务员。老板对我们很好，凡是学生，在考试前必须放假三周回去复习功课。我选择这份工作是因为我觉得在餐厅可以见到形形色色的人，并且这家西餐厅里有很多外国人，可以练练口语。

这份工作真的让我接触到了形形色色的人。有一个德国人，很矮很矮，个头只到我的腰。刚开始我对他总是带着一种同情，什么都照顾他一些，例如上菜先给他上，对他也格外和气，因为我觉得他是个残疾人。我认为如果换作是我，我肯定特别自卑。但其实他没有。他非常健谈，人也十分和善，每天都来喝杯啤酒，并且永远是很开心的样子。后来我听说他是某家德国著名汽车公司的高级技师。

有很多女孩子是跟着自己男朋友来的，这些男朋友看起来就很有钱，我曾经一度非常羡慕她们。因为她们都穿得很漂亮，看起来十分体面。可是发生了一件事，改变了我以前的看法，也坚定了我必须要自力更生、一切靠自己的信念。

有一个中国女孩子叫Lisa，长头发、灰色的眼睛、小小的个子。她男朋友是个德国人，叫Thomas。有一天我上班，负责二楼餐厅，看到Lisa一个人很孤单地坐在二楼，撕餐巾纸。撕餐巾纸这种行为是很奇怪的，一般感情受挫的女孩子才会一个人孤独地撕餐巾纸。过了一会儿，她把我叫了过去对我说："你去告诉Thomas，他再不上来，今晚他就睡沙发。"这个时候我才知道，原来她男友就在楼下。

我跑到楼下，看到Thomas正在非常愉快地坐在吧台旁边的高凳子上和朋友聊天。我走过去很直接地对Thomas说："你女朋友说，你再不上去陪她，今晚你就睡沙发。"现在想想，我无疑成了两者关系恶化的导火索。如果我能稍微婉转一点儿替Lisa转达这个信息，也许Thomas还能上来陪她。但我当着他所有朋友的面这么一说，Thomas反而不好上去了。于是Thomas回答："随她便吧。"我"噔噔噔"跑上楼很实诚地对Lisa说："Thomas说了，随你便。"

于是 Lisa 撕餐巾纸撕了一个晚上。

我其实很奇怪为什么 Lisa 要坐一个晚上等着 Thomas，如果换作我，我可能早就甩脸子走人了。后来 Lisa 一番语重心长的话，让我差不多明白了是怎么回事。

Lisa 看上去太孤单了，所以我时不时走过去陪她聊聊天。刚开始聊些杂七杂八的事儿，后来 Lisa 突然问我："你有男朋友吗？"我那个时候上大二，没有男朋友。于是 Lisa 说："你一定要记得我现在对你说的话，无论将来你老公多有钱，自己有经济基础是很重要的，如果可以，还是应该自己找份工作。伸手管人要钱的滋味不好受。"我还从来没有想过这种话题，于是愣愣地问："那你现在是做什么的？" Lisa 很尴尬地回答："我没有工作。"然后她迅速补了一句："但是正在找。"

后来在"席勒"做了两年工，遇到很多人，他们给了我很多关于未来生活的建议，甚至在我大三开始找工作的时候，我还咨询了一些人的意见。那段打工的经历让我学到很多，也让我比其他同学提前知道，这个世界并不是装在象牙塔里面的。

职业梦想

我记得上高中的时候，我妈问我将来想干吗，我毫不犹豫地说："当秘书！"我妈立刻用"你是不是我亲生的"那样疑惑的眼神看着我，大概觉得这个闺女实在太胸无大志了。现在想起来，并不觉得自己可笑，因为我知道当时我把白领一律理解为秘书，那时候的我似乎不知道其实除了秘书以外，在写字楼上班的那些职业女性还有其他工作可做。至于为什么我高中就立志要当个白领，我完全想不起来了，这大概跟我妈对我长期的独立自主教育有关。

大学毕业选择安达信（以前的全球五大会计师事务所之一）是我在大三时的愿望，原因简单极了，只是因为老师跟我讲："全球五大会计师事务所（简称"五大"），安达信的工资是最高的。"一个刚刚走出校门的学生，除了高薪水以外还能奢求什么？一九九九年，安达信的入门工资是三千八百块，有单独的加班费，并且每年工资的涨幅都至少在百分之三十甚至百分之七十，当时算很高的。于是我在大四的第一个学期开始全力以赴地为我进入安达信作准备。

我在大学时的学习很好，但是我的大学并不出名，安达信甚至根本不招我们学校的学生。我遇到的第一个障碍就是简历这一关。"五大"是会计系学生趋之若鹜的地方，我面对的是跟清华、北大、人大和对外经贸的大学生们的残酷竞争，所以我整整花了一个月的时间去设计我的简历。为了不让人事部的眼光一下子停留在我的学校上，我简历的第一部分用了我非常擅长的讲故事的手法，从一个小姑娘讲到一个毕业生，阐述了我的价值观和人生观以及我对职业生涯的规划和热情。我当然竭尽所能地用了各种各样的修辞手法来描述我是一个多么不可多得的人才。

当时身边的同学也都在简历上很下功夫，但准备简历特别需要注意两点：第一，要看投递的对象是谁，如果是广告或者公关公司，那可以多放些创意在里面，但如果是会计事务所或者律师事务所，那最好不要太花哨，免得给人不踏实的感觉。我有个同学，把自己的艺术照作为背景印在纸上，再加上文字说明，整本简历显得非常奢华。当时我感觉自己这两页白色A4纸完全不能和那本彩色书竞争。可结果是，更多企业选择了我，而没有选择她。我分析原因，就是因为她的简历太花了，不适合事务所这种行业。第二，给大公司投简历要简单明了。大公司的人事部在校园招聘的时间里每天要收上百份简历，怎么才能从上百份简历里把你的挑出来？当然要简单。没人会翻十几页的简历去找你的优点和你得的奖学金，把自己的优势一目了然地展示在别人面前是非常重要的。

那时候安达信的校园招聘时间很早，别的公司大概十一月份才开始校园招聘，所以我还特地把时间打了富裕出来，十月初开始骑着自行车到各家公司去送简历。我记得那个时候很辛苦，虽然"五大"办公室的

1999年，那是一个秋天，
有一女孩在北京的朝阳区
骑了一个圈……
（送简历的日子）
您好，这是我的简历
嗯放这里吧
送到公司门口的前台，让前台小姐转交
邮件发了一份
传真传了一份
我就不相信人事部看不到我的简历！

地理位置都很近，但是送简历那天很冷，还刮大风。我哆哆嗦嗦骑着车子，看到一辆红色的都市高尔夫小轿车从我身边驶过，开车人是一个盘着头发的年轻女人，车后排挂着一套职业装。我当时就立下心愿：我一定要进五大，等我赚钱了，我也买辆红色的都市高尔夫，把头发盘起来，把职业装挂车后排。榜样的力量真是无穷的。

其实"五大"在那时对我们来说都是一样的，但是我特别想进安达信。为了能让我的简历不会淹没在茫茫的简历大海，我亲自给前台送了一份、快递了一份，还传真了一份，三保险。凭借着我在简历中流露出的真诚与坚定，我接到了人生中第一个面试通知。后来人事部的经理对我说："其实我们的校园招聘基本已经结束了，但你的简历让人觉得你是一个有热情而且喜欢思考的人，我们愿意试一试。"

第一次面试

我被通知去北大和北大的学生一起参加面试,并且由于简历交得晚,我是面试的最后一个。我顶着十月的寒风旷了一个下午的英语课,骑着自行车从红庙横穿了半个北京城到了北大。我整整早到了两个小时,呆坐在那里,没有一个人跟我说话,北大的学生一个一个进去一个一个出来,脸上挂着自信的微笑。带着强烈的心理劣势,我见到了我一生中的第一个面试官:Paul ,一个讲着很好普通话的香港经理。

进门的时候他和我握了一下手。无论是面试还是面见客户,握手都很重要,要把整个手掌递给人家,而不是几个由于紧张而湿漉漉的手指头。手掌应该扎扎实实地握在对方手上,不能太轻也不能太重。对于女孩子而言,太重是不太可能了,那就一定不能太轻。很多人握手只是轻轻碰一下对方的手掌,整个手握起来软绵绵的,感觉非常不好,似乎不太自信。我在后来的工作中一直在感受别人的握手,总经理级别的人握手都是很有力度而且恰到好处,而刚刚工作或者一看就不太自信的人握手则会软绵绵湿乎乎。

我很敬佩 Paul 坐在那里面试了一天还能带着礼貌的微笑毫无倦怠地跟我聊天。Paul 笑着跟我说："你的简历里说你的'英文听说读写俱佳',那我们用英文来聊聊天吧。"我的心里当时后悔了一万遍自己写了那句话,但还是佯装自信地点点头说:"好呀。"

之后的四十分钟,Paul 用极流利的英语跟我讲解安达信的审计理念和审计方法,可惜的是,我基本没有听懂。我装作很明白的样子微笑、点头,点头、微笑,直到 Paul 问我"How many universities in Beijing(北京有多少所大学)"的时候,我还在那里点头微笑。Paul"嗯"了一声,我这才慌张地回忆出刚说的最后一句话似乎是个疑问句的升调。就这样,在极度紧张中,我完成了第一次英文面试。两年以后,我无意中看到当时的面试记录,所有的方面都是"优",除了"英文交流"。

那是我第一次面试外企,准备经验严重不足。第一,我没有提前想好面试官可能问我的问题,以及用双语准备答案;第二,当面试官问我:"你有什么问题要问我的吗?"我完全愣住,因为没有想过需要去问面试官的问题。后者会让人觉得,我对这家公司不关心,对自己的职业生涯也不关心。

我至今感谢 Paul 在我的英文交流是"low"的情况下仍旧给了我第二次面试的机会。遭受了第一次的英文打击之后,第二次面试我用英文准备了自己的介绍以及面试官可能会问的问题的答案。通常面试官面试学生无非就是问问爱好,在学校里是否参加过什么活动,印象比较深刻的事情,为什么选择这家公司面试,对未来的职业生涯有什么规划之类的,即便问的问题不一样,回答时也可以往这些准备好的话题上靠。我用英文把这些问题的答案背了又背,非常纯熟。

终于接到面试的通知了……

故作镇静的我让主考官觉得心理素质很不错。

意外，我竟然通过了一面。

二面即将开始认识这家公司的基本情况，认真准备

上网查资料浏览英文资料

成天等着电话响……

电话真的响起时，吓了自己一大跳……

第二轮面试我的是一个中国本地的经理，叫 Roger。让我措手不及的是，他完全是用中文提问，并且让我用中文回答。他让我介绍家庭，我的英文发言稿一开头是："My parents are teachers and I have an elder sister."换成中文我突然就不会说了，支吾了一会儿回答："我爸是老师……我妈……也是老师……"Roger 奇怪地看了我一眼，笑了笑。好在毕竟中文是我的母语，我赶紧把自己调到了中文频道，后面的交谈才颇为顺利。

第三轮面试是一位女性合伙人，香港人。有了上两次的经验，我问题准备得非常充分。最让我得意的是，我在准备时特别去网上浏览了关于安达信的新闻，看到当时安达信审计和安达信咨询正在闹分家。在校园招聘的时候其中一家"五大"的合伙人讲述自己公司的实力时也曾经提到过，说安达信正在动荡期，正在经历"Civil War（内战）"。说者无意听者有心，我赶紧把"Civil War"这个词记住了。当那位女性合伙人问我："你对我有什么问题吗？"我立刻回答："我想知道安达信的

发展是否会因为'Civil War'而受到影响。"女合伙人大概完全没有准备我会问这么一个问题，凝视了我的眼睛三秒钟然后问："Where did you get this information？（你从哪里知道这个信息的？）"我迟疑了一秒，决定立刻把那家"五大"卖掉，于是老实回答："From XX's campus recruitment.（在XX的校园招聘会上说的。）"女合伙人思考了一会儿，非常认真地回答了我这个问题。那个时候我就知道，这份Offer我一定拿到了。

　　面试了三轮之后，我接到了安达信给我的录取通知书。

　　人事部先是给我打了电话，当时家里电话一响我就会一跃而起，跃起了几次之后，终于有一个陌生的女声对我说："你好，我是安达信人事部，通知你被安达信录取了，麻烦你来拿一下通知书。"我觉得她这个职业真好，永远处在快乐的感染中，我当时应该高兴得语无伦次，只是一再说："太好了谢谢你。"

　　至今回忆当时的情况，仍旧能感觉到热血沸腾，这是一种梦想实现后的轻飘飘的感觉。我从来不后悔当初的决定，这一步踏出，我的职业生涯从此无比清晰起来。

黑暗世界欢迎你

其实在进安达信之前，我就听说这里很苦很累。一个在安达信工作了两年的朋友跟我讲："你好好考虑一下吧，这份工作会让你失去所有的私人时间，你必须自己承担压力和责任，因为没有人有余力来帮你，你要考虑清楚这是否是你想要的生活。"我太低估了她这句话的意思，而作为一个刚刚入职的毕业生，我根本没把她的劝告当回事。事实是，你不经历这些就不会有真正的感悟。

当我真的进入安达信开始正式工作的时候，当初无比坚定的我竟然产生了无数次放弃的念头。

安达信新员工的培训在深圳，人人都称那是蜜月般的日子，我们认识了来自上海、深圳、重庆和广州的同事，大家在一起玩"杀人"，去酒吧喝酒跳舞唱歌，然后挂着黑眼圈在第二天的课堂上呼呼大睡。给我们培训的老师是一个香港人，叫Simon，这个人对我后来的职业生涯有非常大的影响。他性格很好，年纪不大，当时他还是个Senior（可以理解为项目经理，但不是公司里真正的经理级别），下课之后总是带着我们一起出去玩,像个孩子头儿。那段时间我很开心,认识了很多聪明透顶的朋友。

真正黑暗的日子在我培训完回到公司的第二周正式开始。

那段时间安达信接到了一家大公司的IPO上市,这是一个跨省的大项目,要搁到现在,这个项目得好几百人去干,可当时安达信员工人数很少。我们那届北京招了二十个人,根本不够。在我们还没心没肺花天酒地在培训的时候,全公司的上司们就已经在翘首期盼我们回来投入工作了,很有点儿待宰羔羊的意思。

我一回到公司立刻被通知进入这个IPO上市项目。通知我的时候是下午四点钟,从那天开始我就再也没有准点儿下过班。没日没夜的工作也就此开始,所有的人都如临大敌。我和这份工作的第一次亲密接触是我需要给客户打电话确认坏账的计提政策,我的项目经理好像已经加了一个通宵的班,把客户的资料给了我简单交代了几句就匆匆忙忙去做自己的工作,我看着那些资料,脑子里一片空白。

虽然我是会计系毕业的,但没有真正做过账,理论和实务有很大的区别。我连客户的资料都不知道从何看起。鼓了鼓勇气拿起电话,我拨通了某省财务科长的手机,用颤抖的声音问:"您好,我是安达信的……"话还没说完,就听到:"安达信?!又是你们安达信?!每天八百个安达信的人找我都说是安达信的,我什么也不知道!嘟……"我呆呆地举着电话一句话也说不出来。

当我以极为严重的口吻向项目经理汇报这件事的时候,她只是轻描淡写地说:"很多客户都这样啊,那你明天再给他打好了。"啥?!明天还打?!我当时唯一的希望就是项目经理能够立刻汇报给合伙人,再由合伙人通知客户的老总,最后把这个财务科长给处分掉!天哪，我想象的审计师生活应该是很风光很有面子的那种，难道我今后经常会被客户这样劈头盖脸地骂？在后来的日子里，慢慢地，我开始对客户的投诉和抱怨麻木不仁，暴躁其实是心虚的表现，越暴躁的人越有空子可钻。我会拿出挖八卦的精神坚持不懈地给这样的客户打电话，直打到他服为止。

都心理变态了吧

在安达信第一年，我根本无法适应加班的生活，同事们都没有准时下班的意识，是的，没有这个意识，加班根本变成了一种常态。如果哪天你不到零点就离开公司了，那第二天你都不好意思说自己加了班。公司里直到凌晨两三点钟还全是像雕塑一样对着电脑工作的同事。朋友的聚会、同学的饭局一概参加不了，有时候朋友们一起吃饭会给我打个电话问候我一下，那时我真的很想哭并且暗暗下定决心，我只在这里干一年，然后找一份新的工作过正常下班的生活，薪水低也不要紧。

我在那个项目上听过两个项目经理让我瞠目结舌的对话。一个说："我昨晚休息得挺好的，凌晨四点趴在桌子上早上七点钟才醒。"另一个说："哦！那你休息得真的不错呀！"听了这些话，我几乎要失声痛哭。天哪，这是一家什么样的公司？这是些什么样的员工呀！

但是她们说得一点都不夸张，从九月份正式上班开始，我几乎没有在凌晨三点之前回过家，埋在纸堆里给客户打电话，写记录，习惯了客户的大叫大嚷。客户摔了我的电话后，我会起身上个厕所喝口水然后重拨刚才的号码把我需要的资料平心静气地重申一遍。

偶尔实在太累了我会趴在桌子上休息一会儿，可是脑子里仍旧全是数字和未决事项，它们时时刻刻提醒我还有如山的工作要做，我只能不断鼓励自己："加油，加油，Vicky，你不是一个很坚强的人吗？"和我一起进公司的很多同事一开始都适应不了如此高强度的工作，我们都才刚刚二十二岁而已啊。

我在洗手间经常听到同事哭的声音，我知道是她们的压力太大了。我实在受不了了也会躲在洗手间里哭一下，之后擦干眼泪继续战斗。有一次我在公司和一个同事汇报工作，突然坐在身后的一个项目经理在毫无前兆的情况下坐在自己的位子上号啕大哭。我们都默默听着，有人递纸巾给她，有人过去拍拍她的肩膀，却没有人去劝她，因为我们都知道，她只是想发泄一下，发泄一下就好了。

和我一届的一个女同事，在这种压力下很快就崩溃了，每天上班就开始哭，中午吃饭时会好一些，吃过饭回公司，看到公司的大楼眼圈就

红了。我也面临崩溃边缘，我曾经凌晨在公司大大的复印机前驻足过很久，眼睛一直盯着复印机上那个巨大的自动订书器，心里想：如果我把手伸进去，明天就可以休假了。听起来真像集中营，但这就是工作第一年我真实的心灵体验。

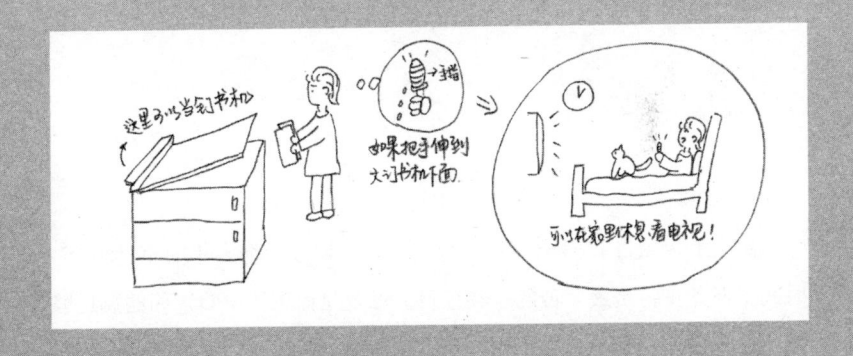

没完没了的IPO

　　初次上市项目我们统称为IPO，需要审计客户很多年的审计数字，时间紧任务重，是最辛苦的一类项目。谁要是摊上了IPO，那他真是够惨的。有些人说我是做假账的，我不以为然。这些人太不了解这个行业了，我要是真有做假账的本事，我就去当甲方了。

　　玩儿命加班了半年之后，我逐渐适应了没有私人时间的生活。我不得不说，这是很可怕的，不是一件好事。虽然我对那段时间的工作经历有自豪的感觉，但这种自豪很变态，是一种不正确的自豪。没人应该像机器一样地干活，虽然这种经历可以让人成长、给人磨炼，在很多方面提升一个人的综合能力，但是，千万不要永远把加班当成一种常态或者一种爱好。人，还是需要享乐的。

　　那时候，同事和工作是我生活的全部。

　　工作上的学习主要是看以前同事做的工作底稿，自己琢磨人家为什么在这个数字旁边要打这个标记在那个数字旁边要写这个标志，实在看不懂了就去问高级别的同事。公司里等级非常分明，比我早来一年的人都是我的老师以及上级。那个时候我作为一名小朋友，根本不敢跟经理说话，见到合伙人更是觉得自己被他们强大的小宇宙所震慑。同事都是年轻人，关系很好，项目经理们多数时候很体谅小朋友的感触，也教给我们很多东西。

我的项目经理曾经教导我："问问题的时候要过脑子，不要直接问怎么做，而是要自己先思考怎么做，再去问别人这么做可不可以。自己思考的过程要有，不能什么都是拿来主义。"因为工作时间紧，所以工作中不允许犯愚蠢的错误，有一次我因为一张凭证没有看清楚，被项目经理骂了整整两个小时。

我进入那个跨省的IPO项目之后，每天要打无数个电话。三十一个省，意味着我通知一件事情要打三十一个电话。我有一张省的列表，一个电话打通就在旁边画一个勾，否则有时候脑子一乱，同一个电话可能打两次。客户也基本被我们折腾颓了，失去了反抗的意识，要什么给什么。我给自己买了一个粉红色的Hello Kitty小电话，有个耳麦，这样我可以不需要把听筒拿起来打电话，双手还能继续工作，可以节省一些时间。

公司里来了一个香港项目经理，大概比我高三级，是个女生。那年月香港人还吃香呢，尤其是海外的IPO上市，经理及合伙人几乎都是香港人。她来了之后就安排我做一些表格的核对工作，把我的位子安排在她旁边。我们小朋友是没有固定座位的，我们的座位叫做"大排档"，就是一张长桌子加无数把椅子，桌子上面没有隔板。那个时候项目经理是有自己座位的，桌子上还有名牌，我可羡慕了。她把我安顿好之后就开始工作，工作了半个小时，我看到她从柜子里取出一瓶香水，"扑扑"往自己脸上喷了两下，然后又开始若无其事地工作。我当时就惊呆了，香水怎么还有往脸上喷的哇！后来才知道，自己太土了，原来那瓶水名字叫"依云"。

我曾经问过项目经理："你说，咱们这个 IPO 什么时候才能结束啊？"项目经理回答："五月二十五号。"我根本不信，别骗人了，哪有准儿啊。其实作为小朋友的我并不知道，这个 IPO 项目的审计报告终稿的 deadline（最后期限）就是那年的五月二十五号。所以五月二十四号，我照例加了一通宵班，然后项目经理说我明天可以晚点儿来，于是五月二十五号下午四点我才晃晃悠悠偷偷摸摸地进了办公室。办公室里一片祥和宁静的景象，全然没有了往日的喧嚣。合伙人买了一大块绿茶的冰激凌蛋糕分给大家吃，我分到了一小块，很甜。晚上六点，我的项目经理走过来对我说："你还待在这里干吗？回家吧。"我小小地震颤了一下，收拾起东西鼠窜着离开办公室，生怕项目经理临时变卦。

当时作为小朋友的我其实只是做一些比较简单的数字整理、核对、汇总工作而已，我最佩服的，就是项目经理们总是能看出数字之间有问题的逻辑关系来，从而以各种方式证明，我的工作有错误，这大概就是一种对数字的敏感度。

那年我参加的第一个 IPO 结束之后，我只休息了一两天，就迅速投入了另外一个项目的审计工作中。

出差真的不是公费旅游

我做的第一个小项目是去做一家私立学校的审计。项目本来不分大小,但是一般来说,如果这个项目不是IPO,也不是大公司,那么就可以归类为小项目。小项目也很累,因为项目虽小五脏俱全,但由于收钱少所以通常两三个人就要完成一个小项目。

这家私立学校有很多分校,分别在河南、山东、四川、山西等地。做那个大IPO的时候,我没有什么机会出差,因为我所在的团队叫做"Central team(核心组)",负责合并报表,在北京的办公室干就行了。所以当我得知要出差的时候,心里可高兴了。刚工作的小朋友都喜欢出差,以为可以公费出去旅游,其实这种想法纯属瞎掰,除了在客户或者酒店加班以外,就算有时间也没精力再出去玩了。

刚刚工作的时候,总是出差,在外地一待就是好几个月,隔两个星期能回一次家。其实这次回家还不如不回,周五到家,周六和周日都在公司里加班,然后周日晚上匆匆回到客户那儿,那种感觉差极了。每次拖着箱子离开家的时候,看着路灯下自己长长的影子,我心里都酸酸的。年纪越大我越不喜欢出差。

我们这个小项目团队里一共有三个人，一个台湾来的项目经理，一个工作了两年的员工，叫Tina，还有我。Tina是个小眼睛的女生，长

> 公事离开家……总是在晚上
> 因为不能耽误上班时间

得白白嫩嫩。我那时什么也不懂，台湾经理让我负责做一些小科目，Tina负责做内部往来和收入、成本科目。那个年代的工作底稿有些还是手写的，用一种黄色格子的纸，用铅笔写。到现在我也没搞清楚为什么要用铅笔，这么重要的审计数字，一擦不是就全没了吗。我们做完工作底稿之后，都要在底稿上签自己的名字，表明这部分工作是我做的，将来出了问题可以直接找我。

我们先去了山东的分校，在海边，乍一看跟人民大会堂似的，校门

非常宏伟。当时我们好像只有三个星期时间，要去五个地方，所以每个地方平均待两到三天。这种出差最辛苦，到哪里都睡不踏实。我们住在学校的宿舍里，每天清早七点多外面就开始播放慷慨激昂的音乐，早操时间到了，所以无论前一天多晚睡，第二天也不可能睡会儿懒觉。台湾来的项目经理很不适应住在学生宿舍里，而且还是睡上下铺。她穿着拖鞋踮着脚尖软软地、凄惨地说："这里地好滑哦，洗手间地上都是水，好讨厌哦。"

越干越美丽

到四川的学校条件好一些了，那里的学校很大，建设得非常好看。最重要的是，在四川吃得好。客户请我们吃了一种鱼，头上可以拆出一把小剑来，据说是越王勾践的剑。和我们同去的客户财务总监很想去逛逛峨眉山，所以不由分说就安排了峨眉山的行程。那是冬天，峨眉山上在下雪，非常冷。而我们为了能够挤出一天去峨眉山，所以没日没夜地加班，整个人都虚了。

在峨眉山的金顶，我和台湾经理还有Tina一起挑选了三尊小玉佛的吊坠，交由尼姑统一开光。开光的尼姑很胖，面目严肃，要开光的时候，所有人都跪下来虔诚地祈祷，只有我很好奇地看着尼姑。只见尼姑嘴里念念有词，说到一半，我观察到一股气流从她的喉间急促涌出，她打了一个大声的嗝。开光结束后我问台湾经理："你听到她打嗝了吗？"台湾经理歪头想了想，灵光乍现地说："那是她打嗝的声音啊！我以为是她突然念了个很大的咒，还赶紧拜了拜呢！"不知道为什么一想起这个桥段，我鼻子里总会有一股大葱味儿。

由于工作太忙，我开始变得非常不拘小节。每天早上争取在最后一分钟起床，随便洗洗脸刷刷牙，都来不及看镜子里的自己一眼，拿起电脑就出门了。以前我好歹也是一个爱美的人，见到反光的地方就要凑过去瞅两眼，可是后来哪有闲工夫啊？衣服也是随便穿一件就出门。

有一天，我们在客户的会议室里工作，我去上洗手间，听到外面的台湾经理对Tina轻声说："唉，我看小杨（就是我）长得还挺清秀的，可是怎么这么邋遢啊，她的那个头发，在脑袋后面团成了一个卷儿！"我心里一惊，提起裤子来就开始照镜子。我的妈呀，这是那个曾经闭月羞花的我吗？满脸痘痘、头发凌乱、眼神涣散、浮皮肿眼，我的大好青春都被工作给糟蹋了！

后来我开始观察，发现并不是所有人都和我一样。从这一点上，我要表扬一下香港的女同事。我们香港的女同事，无论头天晚上几点睡觉，第二天都是精神奕奕地准时出现在办公室，淡淡的香水味道、淡淡的妆容、精心挑选过的衣服搭配，总给人眼前一亮的感觉。她们告诉我，无论多晚睡觉，都要细心地洗脸和做面膜，"不能因为工作不要美丽啊"。从此以后，我都使劲儿让自己提前几分钟起床，好好梳梳头发。后来内分泌失调掉头发掉得同事都不敢进我的洗手间，就干脆剪了短发，更加好打理。躺在床上先想好第二天穿什么衣服、搭配什么鞋子，再进入梦乡。这个习惯养成了多年，还挺有效率。

绝地逢生

在四川之后就是河南和山西，山西的学校是在大同，产煤的地方。我们照例住在学校里，通常每天晚上在学校的会计室待到夜里一两点才回宿舍。这回的宿舍不是上下铺了，条件还算好，但是发现晚上不能洗澡、洗脸、洗脚及刷牙，因为没有水。我们去问校长，校长说，学校晚上十一点开始停水，直到第二天早上。我们去跟学校协调，让他们晚上不要停水了。于是学校为我们破例了一回，我们美美地洗了澡，睡了个好觉。谁知道第二天起来发现，全校停水。校长气急败坏地说我们洗澡用的水太多了，导致全校都缺水了。我至今没想明白是为什么，但是后来完全不敢再洗澡。学校也恢复了夜里停水的习惯，我们回到宿舍脱了衣服就睡觉，哪里也不洗。台湾经理已经彻底放下了自己的娇贵，没有再抱怨地湿或者地滑，也确实不用抱怨了，因为根本没水。

山西是我们的最后一站，结束现场审计之后大家都如释重负，校长特地在最后一个晚上邀请我们一起去城里最好的洗浴中心痛痛快快地洗了一次澡……

回到北京，很快就要出报告，偏巧这个时候 Tina 得肺炎了。她在出差的时候就感冒了，没有及时治疗，一直咳嗽得非常厉害，感觉都要把肺给咳出来了。回到北京去医院一查，急性肺炎。Tina 休了病假，她还差对内部往来这一项工作没有完成，于是工作的重担就降临在了我的身上。那家学校虽然只有五个校区，可是有数不清的关联公司，而我根本不知道什么是内部往来，以及怎么对。

然而残酷的现实是，我只有三天的时间，因为三天之后我必须去东北参加另外一个项目的工作。台湾经理为难地对我说："你尽量对吧，如果对不平，你就放在那里好了。"可是我知道自己不能放在那里，台湾经理人很好，我良心上过意不去。于是我问了无数的同事，不断地研究那张复杂的表格，探讨其中的逻辑关系。在去东北的前一天下班时，我还是没有把表格对平。晚上六点钟，我焦虑得浑身发麻，感觉汗毛孔都立了起来。我深吸了几口气，不断在心里说："冷静冷静。"可是终于还是哭了出来。

我跑到公司大厦二楼的平台上，拿着自己的手机大哭，不知道该给谁打电话倾诉。最后给妈妈打了电话，我第一次也是唯一一次哭着告诉她："妈，我有个工作做不好，您帮我整理一下行李，我明天一早的飞机去机场出差，今晚可能回不去了。"妈妈没说什么，她大概完全震惊了，只是不断重复："没事没事，慢慢做。"

哭了一场之后心情似乎敞亮了很多，我又一次坚定地坐在电脑前。心静下来之后，人没有那么焦躁不安了，我没有立刻开始工作，而是在心中对自己说："Vicky，这么点小事你怎么会做不好呢？"然后开始整理思路，重新开始。我做了一张表格，用很缓慢但有效的方法把内部往来的分录一个个进行了回顾，外面的世界消失了，没有任何事情分散我的注意力。

　　早上六点半，我完成了整张表，所有的内部往来都对得清清楚楚。我把表格用邮件发给了台湾经理，她早上上班的时候应该就能看到了。然后打了一辆车回到家，拿起妈妈给我准备的行李奔赴下一个战场。

扛着大包坐飞机

在东北的项目是一家上市公司的审计,已经做了很多年了。由于我和 Tina 做学校审计的时候表现不错,Tina 推荐了我加入这个项目。在公司里口碑很重要,因为公司是很八卦的地方,这些项目经理总是凑在一起吃饭,席间就会议论哪个同事做得好,哪个同事做得不好。如果是刚刚参加工作的小朋友被某一个项目经理认为表现差,那基本很难有再出头的日子了,因为其他项目经理都不会主动用他。我们管这种情况叫做"被 Label 了(被贴上标签了)"。

Tina 那时候还在休病假,我和另外几个同事在机场集合,其中有个男生叫老蔡,和 Tina 一样是第二年的员工。之所以小小年纪被人叫老蔡,是因为样貌很成熟。每次到客户那里,客户都会以为他是最重要的那个领导,很主动地给他端茶倒水,殊不知其实他才比我高一级。我们帮这家公司审计了许多年,箱子里的文件都发黄了也还是不敢扔,于是我们几个人就拖着大箱子上飞机。公司有严格规定,这些文件是不许托运的。那个箱子比我都沉,跟拉个死人差不多。

除了箱子，我们每人一个衣箱加一台电脑，一去东北就是好几个月，女人的衣箱里至少要塞三双鞋。我们还要带一个打印机和四包打印纸，因为我们嫌客户的打印机和打印纸质量不好，是六十克的打印纸，而我们一定要用八十克的打印纸。从这种莫名其妙的标准你就可以看出，这个项目里面的人可不是好糊弄的。

航空公司也真是，我们就这么大包小包地带上飞机去，竟然也不拦着我们点儿。不过也是，他们根本拦不住，有一次他们曾经让我们把文件箱托运，但是被老蔡严词拒绝了，我还记得他当时的样子。他激动地保护着那个大箱子，愤怒地说："这箱子里是三个上市公司的重要资料，丢了谁负责？"感觉他有要和箱子同归于尽的意思，加之他那一副相当成熟的相貌，安检的人还真被震慑住了。

到了东北住进酒店就开始工作，每天夜里我们七八个人挤在一个房间里，有坐在地上的，有坐在床上的，目光呆滞神色恍惚，夜里十二点发现水没有了就打电话让服务生送过来，服务生总是会被房间里的壮观景象吓一跳。有时候我忘情地工作着工作着，猛地一抬头看到四周都是人，连自己都会吓一跳。之前做那些项目，都是低级工作，没有接触过客户的什么核心业务，觉得审计是挺容易的一件事，到了这个项目发现，任何一个会计科目都可以写出二十页的工作底稿来。

神秘的Peter同学

　　Tina 病好后也到东北来了,那段时间她和老蔡对我说得最多的一句话是:"这件事要是让 Peter 知道了,有你好看的!" Peter 是这个项目的经理,不是项目经理,是真正的经理,很小的个子,长得一副精明相。我还没有接触过他,不过从 Tina 及老蔡敬畏的眼神中我能感觉到,这个 Peter 可不是好惹的。不仅仅 Peter 不好惹, Tina 和老蔡也很不好惹。他们俩虽然连项目经理都不是,只是两个第二年的员工,但已经非常有责任心来带我们这类小朋友了。在公司里,很多人的工作风格是和最初带他的人很相似的, Tina 和老蔡的风格就跟 Peter 很相似。

　　我和 Tina 住一个房间,她告诉我, Peter 常常训斥老蔡。Peter 嘴巴很厉害说话很快,而老蔡人长得就是一副忠厚老实相,虽然有时觉得自己很委屈但是完全说不过 Peter,于是经常在办公室里出现的一幅图景就是: Peter 愤怒地拿着老蔡写的工作底稿"啪啦啪啦"地敲着桌子批评他,而老蔡叉着腿站在一边梗着脖子看相反方向,一脸不卑不亢的悲壮样儿。

不过我当时真是恨死老蔡了,他把跟 Peter 的邪火儿都撒在我身上了。看我写的底稿时,还没有看完就开始唉声叹气,边看边摇头,有时候还会倒吸一口冷气然后用不可理解的眼神望我一眼。所有这些铺垫都是为了后面骂我工作做得不好打基础的。所以他一看我的底稿,我就开始坐立不安。有一次春节前回到北京,大年三十儿那天老蔡在公司里看我的底稿,看到尽情处把我叫了过去,指着一处错误就开始数落我。Tina 当时坐在他旁边,就着老蔡的话题也开始数落我,一直从中午说到下午五点大家不得不回家吃年夜饭了才罢休。后来有同事特地从其他办公区跑过来看看这边谁在骂人,顺便也来瞻仰一下谁被骂了,我脸上可挂不住了。那年过得,真是窝囊。

其实 Tina 和老蔡对我很好,他们虽然当面把我骂得体无完肤,但是背地里却一直在和其他人说我工作做得很好,还把我的工作底稿给别人看。这大概都是 Peter 的风格。Peter 对我们这些小朋友并不凶。有一次我打电话给他,刚巧碰到他不在座位上,留言机里他结结巴巴地说了几句英文,让我在嘀声后留言。我没留言,挂上电话之后跟旁边的同事念叨:"这个 Peter,英文说得可真结巴。"三十秒过后,突然电话里传出响声:"留言时间结束,请挂机。"原来刚才电话没有挂好!而我的那句话,已经结结实实地留在了留言机里!我可真是吓坏了,以为自己一定会招致一通爆骂,结果据说 Peter 听到留言后什么也没说,呵呵笑了两声。

在东北项目上的工作,使我学到很多东西,虽然无数次被 Tina 和老蔡骂得狗血喷头,可我一点儿也不记恨他们,反而在老蔡出国、我离开公司之后对他们很是想念。

男同事的致命臭脚

在团队里有个男生，有臭脚的毛病，我们都是集中在酒店房间里加班的，在那个热乎乎的房间里，一对臭脚简直就是一把无形的刀，戳在每个人的心上。最早发现的是我，因为我鼻子特灵，坐在床上，我总是时不时地闻到一股钻心的恶臭不知道从何方飘过来，不是总有，而是时不时地，往往就是在你专心工作的时候，抽不冷子地打击你一下。他如果坐在床上把脚亮出来，那他脚的位置那里就有一堵无形的臭墙，只要过去就得先过臭脚关。Tina 无数次高声说着话进来，在穿过臭脚墙的时候一下子被噎住。

我发现了之后就一直坐立不安，后来实在熏得头疼了，就换了一个靠窗的地方坐在地上，珍惜生命、远离臭脚。我真佩服我的那些同事，生生地忍着不说，因为大家都在心里狐疑："这他妈到底是谁啊？！"而且大家都在寻找臭脚源。终于，有一个女生受不了了。一天晚上正在工作中，那女生"啪"地一合电脑，长叹一声之后悲愤地说："XXX！你能不能每天洗洗脚啊！"

这件事情被彻底暴露出来之后，该同学每天回到酒店都会先洗脚，刚洗完的脚可以维持大约两个小时不臭，两个小时之后我们就会愤怒地让他再洗一次。我们问他："你是不是每天袜子也不换啊？"他很委屈地说："没有啊，我有七双袜子，每天换一双呢。"说罢突然做仰天思考状，然后走到自己的衣箱，把袜子拿出来一双双数，共六双半，少了一只。我们大家一起沉寂了十秒之后，他冷静地走到沙发那里，从沙发垫下面抽出来一只袜子来……

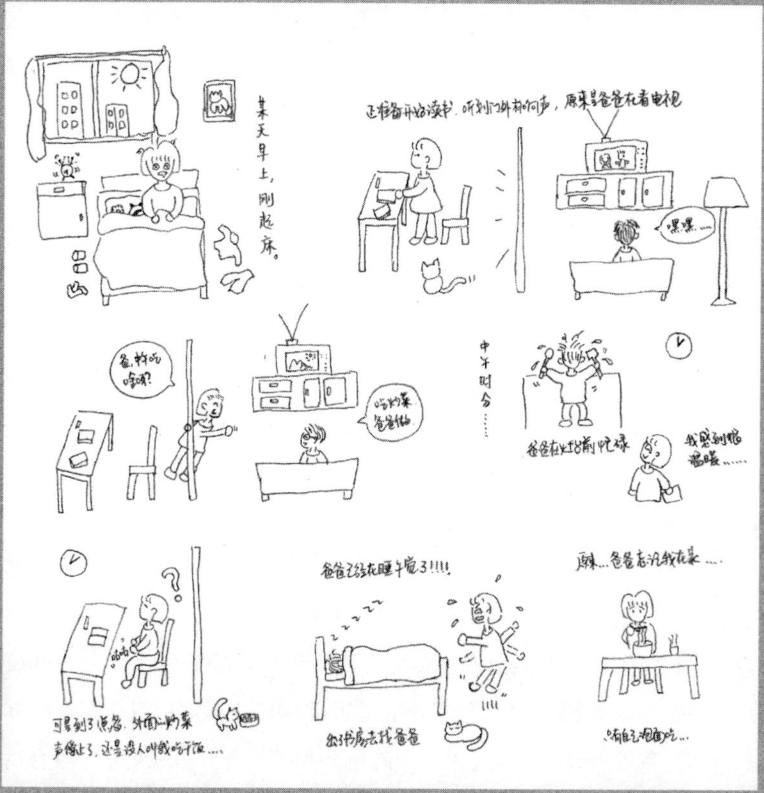

我是四川人

我和 Tina 一起去四川的子公司出差，我们决定顺便去一趟九寨沟。客户跟我们已经很熟了，内审总监是个女生，有时候到东北就和我住在一个房间里。那段时间我掉头发，后来她说，她看到满地的头发都不敢进洗手间。所以我就把长头发剪短了。

我爸爸是四川人，所以每次到四川我都要跟人家攀老乡。"老乡见老乡，两眼泪汪汪"，这样能和客户的关系近点儿，工作着舒心。客户的卢部长问我："你爸四川哪里人啊？"我回答："西充的。"结果卢部长非常震惊地看着我说："那你爸爸能够去北京可真厉害！西充那个地方多穷啊！我可去过，一家人用一个碗！"我听了之后非常诧异，因为我爸从来没有讲过自己家乡穷的事情，他只是愉快地反复回忆自己以前上学走几十里的山路、穿过小河和坟地、在坟地总是被鬼火吓到的事儿。后来我想想，这些事儿不正是佐证了我的老家很穷吗？可是爸爸不觉得，他把那些事儿都当成了儿时的美好回忆，生动地讲给我们听。

我突然很感动，儒雅沉静的爸爸看待每件事的态度都是乐观的，从来没有大喜大悲过。无论大事儿小事儿，爸爸都轻而易举地用四两拨千斤的方式处理。举个不太恰当的例子：教书的时候，家里养的猫在我爸学生的卷子上撒尿，把一摞卷子弄黄了一大摊，还有着淡淡的尿臊味儿。我爸仍然是那么沉静地把卷子晾干又发给了学生……学生问："杨教授，为什么卷子黄了一块啊？"我爸冷静地回答："哦，可能是太阳晒的吧。"

　　我们在四川的工作压力不算很大，我和Tina请了两天假，再凑合上一个周末，安排了去九寨沟的行程。九寨沟的旅途中有一天是Tina的生日，头一天晚上她哀怨地念叨了一句："唉，在这里过生日，也没人给庆祝。"我听到后没说话，但是第二天一早就借口自己出去走走冲到隔壁酒店的大堂吧，买了一个生日蛋糕给她。蛋糕做得有点慢，所以上车的时候我迟到了，害客户和Tina都在等我。Tina刚要发作突然看到了我手里的蛋糕，立刻强忍着收回嘴里的话，很感动地说了一句："哎呀，真是的。"

老蔡，哇哈

　　从四川回到东北，我又见到了老蔡。

　　重新回到东北项目上，我已经是第二年的员工了，老蔡和 Tina 都升了项目经理。团队里又有了新来的同事，老蔡开始对这些新小朋友下狠手，不再把注意力集中在我身上，我的工作压力比以前小多了。而我对新小朋友们说得最多的一句话就是："这事要是让老蔡知道，有你受的！"

　　老蔡有个很不好的口头语，就是在所有的句子结尾处都会不自觉地加上两个字："哇哈。"这是很奇怪的口头语，例如："陈处长哇哈，您现在有空吗哇哈？"可是这两个字一不注意就会让人听成"我靠"，于是上一句话就变成："陈处长我靠，您现在有空吗我靠？"我实在忍不住了，提醒了老蔡一次，老蔡瞪着他的小豆眼儿吃惊地看着我说："是吗哇哈？！我怎么自己从来不知道啊哇哈！"后来老蔡开始很刻意地纠正这个奇怪的口头语，每次当他无意识说出来自己又意识到之后都会悔恨地皱下眉头。不过我记得老蔡后来说"哇哈"的次数越来越少了，等到他从澳洲留学回来，就再也听不到这个奇怪的口头语了。我觉得挺遗憾的，早知道还不如不告诉他。

晚上在酒店加班，老蔡总要打起精神盯着我们，他升了项目经理之后的工作压力很大，脾气越来越古怪。由于项目成本的关系，Tina已经不经常在这个项目上了，老蔡需要挑起大梁。晚上他总要等着我们的工作底稿出来，他看过之后再睡觉，有时等着等着自己就睡着了。有次我和另外一个同事一起在他房间里加班，他实在太困就和衣躺在床上眯了一会儿，十分钟之后突然一跃而起高呼了一声："双冠王！"把我们都吓了一跳。然后他继续倒下睡觉。等到我们做完工作底稿把他推醒，他完全不知道自己说了那么一句话，还反复说我们骗他。他也不动脑子想想，我们怎么会想出"双冠王"这么奇怪的话来骗他呢。

在东北做项目，Peter经常会过来请我们吃饭，我最爱吃韩都烧烤和皇城老妈。我们这个项目的合伙人Adrian也经常过来请我们吃饭，他很和气，我完全不怕他，还会开他玩笑。有一次在最终出报告的阶段，我们坐在公司的大排档里工作，我对Tina说："Adrian要是能请我们吃哈根达斯就好啦，我现在突然很馋。"Tina回答："那你去跟Adrian说啊。"我想了想说："那我可不敢。"结果没过十几分钟，Adrian静静地走进了大排档，手里拿了好几盒哈根达斯。原来我说话的声音太大，他在旁边的小屋子里面听到了。

项目最后Peter给我写项目评估，他说我是一个学习很快的人，工作认真负责，工作质量很好。Adrian在后面补了一句："Vicky is a very cheerful staff. (Vicky是个让人感觉很愉快的员工。)"我很喜欢这句话。

再残忍的生活，也有它的快乐所在

这种生活是残忍的，但残忍的同时也有它的快乐所在，以及它无形的价值。我开始不惧面对压力，我开始自信地认为我可以面对各种各样的客户，没有人可以质询我的工作能力和承压能力，就像我们在深圳培训时常播放的那首歌一样，"Simply the Best"。

其实那时生活很简单，我们只需要工作就好了，同事之间的关系很单纯，我绞尽脑汁想想出来一些职场文章里常见的"尔虞我诈"，可真的想不出来。加班成那副德行了，谁还有闲工夫浪费脑细胞再想着算计别人啊。

从我工作的第二年开始，安达信推行商业审计理念，简称BA。

BA是Business Audit的简称，是安达信推行的前卫的审计观念，其核心是客户的内控风险，我们开始不拘泥于财务数字而需要涉足企业的各个领域。说实话，这种理念搁在现在都是很Fashion的，监管机构重视内控也不过就是近两年的事情。

有一家客户是我所做的第一个BA方法审计的公司。那时候我还不是项目经理,因为公司里项目经理奇缺,很多项目经理因为工作太累或者身体原因另谋他职或者出国念书了。于是我带着一个第一年的同事做这个项目的前期工作。

白天,我们花十个小时的时间走访客户的采购部、销售部、市场部、设备部和车间,同各个方面的负责人谈话,了解企业如何运作,了解企业的采购流程、销售流程、生产流程和费用流程,说得口干舌燥,晚上回到酒店我已经一句话都不想说了。

晚上,我们需要把所有的流程用英文从头到尾描述一遍并且画出流程图,一个流程往往我们要从晚上八点钟写到早上五点钟,然后第二天八点又开始问另一个流程。一个星期下来,看着我和同事写的长达五十页的流程报告,除了满心的成就感以外就是满心的疲惫和倦意。一年的BA磨炼,我逐渐开始善于和各种各样的人进行交流,以前和客户了解情况我总是怕客户把我当小孩子或者嫌我反应慢,因此我会很紧张。慢慢地,我不再有这种担心,对客户的访谈已经成为最基础的工作。

我不知道后来的安然事件是不是和安达信推行了BA有关,但是我可以肯定的是,BA对于个人而言是极大的挑战和锻炼,我们不再是单纯的财务审计而是更多地向咨询靠拢,对各个行业也都有了系统的了解。这种审计方法也为我以后的职业生涯打下了基础。

我早就忘记了当初对自己"只在这里工作两年"的承诺,我开始喜欢安达信干净的同事关系和激进的工作方式。就这样,我像个机器人一样在安达信工作了三年,参加了公司在马来西亚的Kinabalu组织的项目经理培训后,我成为一个项目经理,一切平静直到安然事件的爆发。

再见，安达信

安然事件之后，铺天盖地都是关于安达信的新闻，因为安达信是安然的审计师，有传言说，安达信为了毁灭证据，用卡车把当初的工作底稿运出去，一张张撕毁。我其实不相信这样的传闻，所以当有同事问我："安达信这次扛得住吗？"我还轻松地回答："怎么会扛不住呢？不会有事的。"而公司的老板也特地发出了一封邮件说，公司有足够的保险和现金来应付未来的赔偿，不会影响到大家的前程。

美国司法部宣布正式刑事起诉安达信休斯敦公司的时候，我们的骄傲在瞬间崩盘。刑事诉讼性质不同，意味着安达信不能在诉讼期间接审计业务，而诉讼期往往很长，所以美国司法部的刑事诉讼已经提前宣判了安达信的灭亡。公司在瞬间分崩离析，全球八万五千名员工迅猛合并到了其他四大会计师事务所，只留了一个在瑞士的总部准备接受巨额的赔款和司法起诉。大中国地区的安达信在 CNN 播报新闻的第二天就宣布和 P 公司合并了。一切只是在瞬间的事，因为我们之前根本无暇顾及美国的安达信出了什么状况，我们也从来没有怀疑过这间"百年老店"抵抗外来压力的能力，然而一个巨人在自己营造的帝国里轰然倒塌。

我已经记不清自己当时的感觉了，好像有伤感又好像没有。安达信本来是"五大"里面最骄傲的一家，却最终落得虎落平阳的下场。语言很难描述那种落寞，原本我很为自己是安达信人而自豪，就好比，一个大户人家的小姐，每天对别人颐指气使，却突然间被政府抄了家，只能寄人篱下生活了。那种感觉是从天上到地下，而且不是轻飘飘地落下，而是一个跟头摔下去，摔了个头破血流。

有的人说：你们安达信的人没事儿就回忆安达信的那点儿事儿，有什么啊，都已经倒闭了。他们其实不理解，换作是另外一家五大，员工恐怕也是这么缅怀的。因为这毕竟是我职业生涯开始的公司，虽然在里面工作的时候抱怨颇多，可是竟然被迫跳槽，心里留下的都是难以割舍的回忆。美国的安达信员工在街道上游行，小女孩举着一个大牌子，上面用安达信Logo的橙色写着："My mum is a Andersen.（安达信是我妈妈。）"看着这些照片，我再也忍不住了，趴在桌子上轻轻地哭了起来。以前哭是为了自己，唯有这次，是为了安达信。

合并那一天，我们仍旧在工作，因为我们还有很多工作没有做完，我们一边看CNN的报道一边马不停蹄地写着手中的工作底稿。我问Tina："公司都这样了，我们还加班哪？"Tina脸上流露出为难的表情回答："可是，工作总要做啊。"

于是我想也没想继续埋头苦干，心中的遗憾和伤感只有在偶尔抬头刚好看到同事的眼神时才会释放出来。是呀，我曾经的梦想，我的安达信，在瞬间灰飞烟灭。

合并之后

合并到 P 公司之后，员工合同都重新签署，安达信一个人都没有裁，办公地点也没有变。有时候恍惚间，我都忘了自己已经在 P 公司工作的这个事实，因为周围的同事还是那些人。到客户去介绍自己的时候，还会脱口而出："您好，我是安达信的。"

用现在的话说，我们那个时候"被跳槽"了。

这么硬生生的合并，双方员工其实都不舒服。安达信人觉得 P 公司人好像总是斜眼儿看我们，而 P 公司人觉得安达信人都混到这份儿上了还这么骄傲所以非常不忿儿。为了让双方员工能够真正融合，公司决定把一、三、五组的人放到安达信以前的办公室国贸，而二、四、六组的人放到 P 公司的办公室嘉里中心。我们是按照行业分组，我做制造业的客户比较多，所以我在三组，还在国贸上班。

刚开始一起办公的时候，我总觉得双方员工剑拔弩张地待在一起。以前公司里很吵闹，大家打电话、讨论问题、骂小朋友，现在公司里静悄悄的，一片死气沉沉。我也不好意思大声说话，每个人都像心怀鬼胎一样小心翼翼。有个前安达信的女经理,香港美女,有蒙古血统,长得人高马大,非常凶悍。她实在受不了这种静默,突然间一捶桌子拍案而起非常大声地说:"这叫什么事情!这里的人都不说话的啊?"但是仍旧没人理她。

我们不习惯P公司的一切:工资比安达信低、没有加班费、行政部门过于庞大、没有海外培训,等等。但是我们必须无奈地接受这一切:因为现在是P公司发我们工资。我们仍旧回味着安达信,用安达信的笔袋,用安达信的门卡绳,用安达信的圆珠笔。这其实很有点儿清朝遗老不愿意接受民国现实的感觉,现在的我回过头来看那个年代,也觉得自己有点儿矫情。那时候我才工作了三年,心智不成熟,我一直在想当初安达信的那些合伙人是不是比我们更容易接受这种合并?

记得刚刚合并的时候,P公司的合伙人给我们上课,主要是为了给我们灌输一些P公司的企业文化和思想。这个想法和初衷是好的,双方不能总这么别扭着。但是这个合伙人非常不合时宜地开了一个玩笑:"目前公司这个名字太长了,我们想换一个简单点儿的,你们可以帮我们想一想换个什么?"台下立刻一呼百应:"Andersen!"于是对话在一片哄笑声中匆匆结束。

尽管我们坚守着安达信的文化,但是我们毕竟只是一间大公司里几个小小的职员,在阿姨无数次好心提醒"别带安达信的东西,老板看了不高兴"之后,我们才依依不舍地把那一抹橙色留在了心里。

生活在继续,项目在继续,IPO在继续;停止的,只是离我们越来越远的那扇木门。

小领导

  在 P 公司的头一年，我这个倒霉孩子又赶上了一个 IPO。那个时候我不算是一个小朋友了，因此我要负责的工作内容是管理一个七八人的审计团队，并且编制合并报表。虽然忙碌，但是如果让我回忆在 P 公司那段时间有什么事情是愉快的，那么我一定要提提这个 IPO 项目。

  那段时间仍然非常辛苦，在客户的办公室里，我们一群人每天仍然要加班到凌晨。和我在一起的同事基本上是以前安达信的遗老遗少，我们在凌晨三点多的时候给永和豆浆打电话要外卖，然后在凌晨五点多互相告别匆匆离去。那段日子既辛苦又幸福。

  我们的经理叫 M，一个长得像小熊一样的香港人，有时候我会嘲笑他长得像世界地图，因为世界地图也是一个大圆圈外加两个小耳朵（如果你没发现的话，那就找幅世界地图观察一下）。每每这个时候，M 都会斜着眼睛看着我，然后拖长了声音念一句："V——icky——" M 每天和我们一起加班，尽管有时候他帮不上什么忙，但是他坚持要陪着我们站最后一班岗。有一天他实在太困了，竟然躺在客户的桌子上睡起觉来，还轻声打着呼噜。我们伴着他鼾声的节奏敲打着电脑一直到早上六点。清晨有阿姨来打扫房间，搞出了声响，坐我后面的一个女同事非常焦急和气恼地轻声呵斥她："轻一点！没看到有人睡觉吗？！"

项目组里还有一位一直在 P 公司的同事，他有一次和我们一起加班到了早上，在给我们的邮件里写道："我以为 P 公司的晓月已是极致，想不到还能看到安达信的朝阳。"

我们的这个项目一共有四十多个分公司和子公司，最初在合并报表的时候只有五六个人做，工作量很大，能按时交稿就不错了，根本没办法计较质量。但是这些理由只有我们私下里发发牢骚的时候说一说，老板们是不会听的，他们会说："你是一个专业人士，质量才是最重要的，没有借口可言。"生活是残酷的，如果你没能赶得及 deadline，那么你唯一合理的理由就是你赶在 deadline 之前死翘翘了。

我必须承认，我带领的这个组最初交的功课不是很合格，总是数字不合理或者和报表对不上，要不然就是合并报表没抵平。我们所有人每天在老板们和核心审计组的质询下惶惶不可终日。核心审计组是每个大项目都会有一个特别的审计组，负责把各个分子公司的数据收集上来进行汇总，并且编制合并分录。核心组的工作是很辛苦很不得人心的，因为他们的工作在最初就是"催促"，催促各个分组赶紧把数字交上去，他们好汇总。那个时候我们腹背受敌，前有核心审计组的利剑，后有客户放的冷枪，唯一感到安慰的，就是组里的这些同事尚存着一点点幽默的本性，大家可以一起讲讲笑话开开心。

作为项目组的负责人，我努力尽我所能鼓舞大家，推行"爱心政策"，让频繁的加班和熬夜不那么枯燥。我们辛苦，但是我们齐心团结；我们同别的同事拿着一样的薪水，但是我们士气高涨。那个时候我感受到，薪水的多少不是让一个人高兴或者伤心的唯一因素，协调的关系、融洽的合作以及彼此之间的信任与支持才是向前进的关键。我相信后来我们组交的功课是进步很大的，组里每一个人都非常有责任心，每做完一个科目的底稿，大家都会彼此通告一下，并且向我保证："检查过了，绝对合格。"

每一位同事，都是一出情景喜剧

在那段时间里，有很多有意思的同事，我来回忆几个。

有个男同事，叫他 A 吧。性格很羞涩，也比较内向，对很多事情的反应都和别人不一样。有一天有个外地的同事打电话进来，找 A 的，也正好是 A 接的电话，对方说："我要找 A。"A 回答："哦。"然后就不出声了。外地同事以为接电话的人去找 A 了，于是苦苦等了五分钟，最后终于把持不住，问了一句："喂？A 在吗？"A 这时才回答："我就是。"……

还有一个男同事叫 B（经过多年观察我发现，搞笑的都是男同事）。他的特点是，晚上加班的时候一定要戴着耳机，戴着耳机的时候一定要哼歌，哼歌的时候一定会走调。那是一个夜黑风高的夜晚，公司里静静的，大家都在沉默地加班。忽然，一阵古怪的呻吟声时断时续地传来，在寂静的办公室里显得格外清晰。见多识广的我知道，这又是 B 在唱歌了。一分钟后，我惊讶地发现地上有一个人在缓缓地向我的位子这边爬行，并且浑身颤抖着。定睛一看，是另外一名男同事，他从洗手间回来听了B的歌声之后，笑瘫在地上，正努力地爬回自己的座位……

工作了一段时间，组里有位同事C要被调到其他项目去，由同事D来接替他的工作。当C知道是D接替他工作的时候，整个人都崩溃了。

人生就是这么不可测，C和D在大学时候是同学，还是一个宿舍的，后来C和D关系不好，于是D做了走读生，但是C的一辈子似乎都不能逃过D的阴影。两个人毕业之后一起被德勤录取了，为了避开D，C特意跳槽来了安达信，而D也跳槽去了P公司。在双方跳槽后的第二年，P公司和安达信合并了……C总是欲哭无泪地跟我们讲述这段历史，质问上苍究竟为什么D的阴影永远在他的身边环绕着。

就连做项目都是这样，C原本在我的组里对"内部往来"，刚好就是由D来接替他下面的工作。C知道这件事情之后气得大摔电话，要不是被大家拦着，他就从客户的二十七楼跳下去了。于是，我们整个项目组的七八个人都热切地、热切地、无比热切地期待着D的来临。不得不承认，这个项目组的人在我的影响下都变得很八卦。

D来的那天我们无比兴奋，连工作都无心做了，从早上开始就期盼着、激动地议论着。但是D的出现让我们都很失望，就跟《功夫》里火云邪神的出现一样，没什么特别的。这只是一个有着独特品味的男生而已，穿着长到膝盖的大圆摆衬衫，吊脚裤子，网眼皮鞋。要命的是，他的衬衫是塞在裤子里的，皮带系得老高，使得客户长时间地称呼他为"你们裤子系到胸的那个同事"。

D负责对的"内部往来"不是很难，但是他每天都要工作到凌晨五点，然后第二天九点钟准时出现在客户办公室，从来不跟我们吃饭。每天，我都看到他惊恐地咬着自己的半个拳头望着电脑，一望就是十几个小时。我实在受不了，就过去问："D，你的内部往来对平了吗？"D会充满恐惧地、凄惨地、忧郁地、不可理解地慢慢转过头凝视我一秒钟然后带着颤音说："都对平了啊……"（我模仿这个动作是一绝）

　　D一直用一张很破的纸记录他的工作，这让我非常不习惯，我几次奉劝他把破纸上的东西放进电脑里，可是他就是不听，终于有一天，打扫卫生的阿姨把那张破纸给收走了！那张破纸里凝聚的是他半个多月的工作成果啊！我们整个组都惊了，全体出动，在垃圾堆里翻了半个小时翻出了那张破纸，就差要求他给裱起来了。

　　后来有一天，M来检查他的内部往来工作，发现他根本没有对平，于是很生气。M平时很温柔，可是这次真的急了，大骂D，骂得很凶很生硬，骂得我们在旁边气都不敢出，对他充满了同情。骂了大概两个小时之后，D黑着脸出来了，我们都用很关怀的眼神看着他。只见他缓缓地、缓缓地走到座位上，很深沉地坐下，慢慢地转过身。坐在他身后的同事赶紧关切地探身过去，以为他要诉诉衷肠。然后，D叹了一口气，沉痛地说："你还有口香糖吃么？"……

　　D有很多不可理解的举动。自从M骂过D之后，D就很怕他。D和M的位子挨着，就隔着一个隔板，客户的办公室不是每个桌子都有电话，D的桌子上有一部。有一次M从座位上站起来准备伸个懒腰，在他站起来的同时，我们听到D那边一阵大乱，大乱之后，D喘着粗气狠狠地从椅子上爬了起来，毕恭毕敬地递给M一部电话。M的懒腰刚伸到一半，吃惊地看着他，说："我不要打电话啊……"D便悻悻地坐下了……

　　还有一次，一个同事给M打电话，是D接的，M刚好不在，于是D说："他不在。"一般人说完这句话就完了，可是D非要再补充一句：

59

"他昨天也没来,明天来不来不知道。"……

其实D是个本质很好的孩子,但我并不觉得他适合做审计师这一行。也许有天我和D还会再相见,我真诚希望他能有一份适合他的工作,有一段美丽的人生。

和我一起加班的老爸老妈

　　IPO 一开始，我回家的时间就没谱了，我爸妈经过三年磨炼已经很坦然地接受了这个现实，不像我有个同事的爸妈，不相信也不理解有人会加班到这种程度，所以一直怀疑他在外面鬼混。我也碰到过有的父母，因为觉得儿女工作得太辛苦，所以大闹到公司来，质问合伙人为什么这么虐待自己的孩子。

　　我爸爸妈妈的年纪很大了，他们保持着良好的作息时间，每天不到十点就睡觉，早上六点就起床，一个星期要爬两次香山，生活得很健康。他们是一对很与时俱进的父母，在我们小时候对我和我姐管教非常严厉，但是一旦我们上了大学，他们就会立刻放开管教，让我们尽情地去接触这个社会。我妈甚至还曾经在周六的时候质问正在上大学的我："别的年轻人经常去酒吧玩，你为什么不去？！"

　　上班之后，他们给我更大的自由度，对我的工作采取完全不闻不问的态度。但有些事情的发生让我领会到，我的父母其实在心里仍旧惦记着我。有一天晚上很晚回家，妈妈还醒着，给我倒了一杯水，让我赶紧睡觉。我对她说："您明天早上八点钟叫我，我要赶到公司去。"妈妈点了点头。

那天晚上我倒头就睡，等到醒的时候，发现天光大亮，已经十一点了！我"嚯"地从床上跳了起来，对我妈大吼："您怎么不叫我起床啊？！"妈妈当时就坐在我的床边，她冷静地看着我回答："孩子，咱不干了行吗？"我的眼泪立刻充满了眼眶，赶紧背过身去开始穿衣服，用尽量平静的声音回答："嗨，这有什么，我没觉得很辛苦啊。"

我爸妈都是老师，我和他们一起住在学院路一带，离公司很远，大概是北京城的两个对角，家在西北角，公司在东南角。那段时间，我每天凌晨两三点下班，只能打车回家，一进家门，爸妈就醒了，问寒问暖。我家住在七层，可是每次回家的时候，电梯都停了，只能走楼梯上去。深夜的楼梯很恐怖，我又很喜欢幻想一些恐怖的画面，常常把自己吓得够呛。我幻想出来最恐怖的画面，不是张牙舞爪的鬼，而是想到一个身穿白大褂儿、戴着白口罩的人，手里拿着一只注射器站在漆黑的楼道里……

后来报纸上登了一个女大学生在自己家门口的楼道里被杀害的消息之后，我的老爸和老妈就再也不能提前睡觉了，要求我每天回家之前，先给家里打个电话，然后我爸下楼来接我。那时是冬天，外面天寒地冻，每天凌晨回家，都可以看到我白发苍苍的父亲站在清冷的寒风中等我的身影。我很难过。

考虑到其他同事也有这个问题，我作为项目经理跟 M 申请，要求在公司附近租个酒店，如果同事实在加班太晚懒得回家，就在酒店里住下，安全又方便。M 同意了，我就在公司附近找了一间很小的酒店，长租了一个小房间，谁想住谁就先在我这里登记。这种方式一直延续到项目结束。

在合并报表交稿前一周，我的压力特别大，因为有内部合并的数字对不平。这件事儿说说容易，但是如果想把不平的地方找出来，我必须要看四十多家公司的报表，一点点去查找，工作量很大。而作为项目组负责人，我还需要去指导其他同事的工作，看他们做出来的东西，所以等我有时间做些自己工作的时候，往往已经下半夜了。三天之后要交稿，我决定连续三天不睡觉，把报表做出来。晚上夜深人静了，我又实在太困了，就找几把椅子放在一起，在上面躺一躺。后来这件事被 M 发现，他很生气地对我说："你这样做有什么用，长时间不睡觉脑子已经不行了，工作效率奇差，赶紧回家睡觉去！"

于是我只能疲惫地在早上回了家，准备睡四五个小时再战。我妈看到我之后都惊了，把我拉到镜子前面说："你看看你自己现在是什么样子？跟活鬼一样！"这是我那几天头一次认真照镜子。镜子里的我脸色蜡黄，眼睛发红，眼窝深陷，整个脸都是扁扁的，真是看上去很可怕。于是我赶紧睡觉，睡到下午才回公司。

有一次我爸妈出去旅行，知道我每天回家的时间没点儿，所以拜托我姨来照顾我家的猫。有天我又是早上才回家，我姨刚好在家给猫咪们喂食，她用不可思议地眼神看着我，然后喃喃地说："这么工作，挣多少钱都不算多啊。"

从公司到家实在太奔波，我下决心在公司附近租了一间小小的一居室，在很老的筒子楼里。我骗爸妈说有电梯，每天都很安全，但其实仍旧需要在凌晨的时候爬楼。在租房子的那段日子，我经历很多，在楼道里被人打劫、被中介骗钱、由于拆迁被迫四处搬家，等等，我都没和他们再提起。我长大了，我不害怕，我必须要强大起来。

人员被流动的传说

在P公司工作了半年之后,非典爆发了。

非典虽然是疫情,可是也影响到了经济,公司的业务突然间就萧条起来。以前在大排档里冷冷清清完全没人,大家都去做项目了,现在大排档坐的全都是人,老板看到后很不爽。于是P公司开始了史上最大规模的一次"人员流动",M被列入了强行流动的名单。在这个行业,除了金融危机以外,很少有"被流动"的时候。

很多同事被人事部请去喝咖啡,回来之后就可以收拾东西走人。我并没有感觉到惶恐,因为裁我实在给公司省不了几个钱,还少了一个干活儿的。M的离开给我的打击很大,因为我认为他是一个非常和蔼、专业和善良的经理。之前提到过的、彪悍的、蒙古血统香港女经理接替M来管理我们的审计组。女经理把我叫去谈话,第一句就是:"我知道M走对你来说打击很大,但很多事情不是你我可以决定的,我们只能接受。"听到这些话,我内心的委屈一下子喷发出来,突然对这种生活产生了厌倦。

我是一个乐观的人,我知道人的一生一定会经历很多痛苦和挫折,所以在任何困难面前我都没有低过头，直面人生是我一直坚守的原则。虽然在这次大规模的人员流动中我个人没有遭受任何损失，但是作为一个项目经理，项目组里任何一个人的去留都会给我的心灵带来很大的震荡。

以前带我的另外一个同事 S 也被找去谈话，她在公司里工作了五年多。临走那天是她的生日，她邀请了所有相熟的同事一起吃饭。那段时间刚好是我人生的低谷，感情遭遇挫折，饭局上她搂着我说："妹妹，你是个好人，我希望你能够幸福。"

不是所有同事"被流动"都能拿到违约金，因为有些同事为了自己的前程好看些，会在谈话后自己主动提出辞职，这样公司就不用付违约金了。S 没有这么做，她是一个很漂亮很聪明的女生，想法总是跟别人不一样。她从公司拿了违约金后，开了一家服装公司，发展到现在，已经有了自己的工厂、设计师和品牌，每年收入超过五百万。所以这种改变，未尝不是一件好事。

我在想，如果当初我也"被流动"了，那我现在会在哪里，在做什么？

会和 S 一样自己开创了自己的事业，还是和 M 一样重新进入了另外一家公司继续白领的生涯？

动摇

非典的那段时间确实很闲，整个公司的空气闻起来都充满了"闲"的味道。有些对工作很有激情的同事会利用这些时间好好补充补充专业知识，例如上公司的网站看看公司新的工作流程啦、上网找些相关的文章看看啦、在公司里面看看专业书啦。我很佩服这些人，但是……不与他们为伍……

于是我很百无聊赖。公司管得特别严，每天早上签到，就是觉得有些同事没项目就偷偷不上班。其实既然没项目，不上班有什么呢，只是公司不能让大家占了这个便宜，没事干也要在公司里待着，直到地老天荒。我会稍微用一些时间来发呆，可是也不能发八个小时呆啊，于是就翻找电脑里的小说出来看，看得老眼昏花。

刚开始的时候，还觉得挺自在的，偷摸着下楼喝杯咖啡，逛逛商店。两个星期之后，就不行了，天天在公司里闲得发毛，甚至于心慌气短，开始怀疑自己是不是要被炒掉了。尤其如果这时候，有个同事开工了，那这种感觉就更加强烈。一个月之后，开始怀疑人生，腰酸背痛，根本坐不住，非常希望能有点事儿干。两个月之后，网也不愿意上了，天儿也不愿意聊了，每天都翘首企盼着能有点事儿干，哪怕是翻译工作也行啊！

终于，我的恳求上天听到了，一个大型的IPO项目杀入了青黄不接的P公司，抢人大战正式上演，公司上下一片血雨腥风。

所谓抢人，是因为这类公司产生利润的主要资产就是人员。每一个员工都是要被提前安排好项目的，如果某一个经理想要用一个员工，那他需要先进到公司系统里查看这个员工在那段时间里是否有项目，如果没有，就可以向秘书提出申请，把那个员工提前预订好。因此一旦有新的大项目开工，就肯定面临着无人可用的境地，因为各个项目早就把自己的员工提前预订好了。而P公司刚好流动了一批员工，缺人的问题更加明显。

我曾经目睹过无数经理抢人的经过，有摔电话的、有指着鼻子骂的、有到合伙人那里告状的。员工们终于尝到了受宠若惊的滋味，做得再差的人也有一长串儿的经理等着要。于是P公司作出了一个惊人的决定，把以前流动走了的人再打电话找回来。人事部真是很辛苦，没有闲着的时候，前脚放走的人后脚就要被请回来救火了。

我也被安排到了那个大型的IPO项目，好像哪个IPO也没少了我。新一轮的艰苦工作马上就要开始了，我的内心却对这种生活第一次产生了动摇。

去意

加入了新的 IPO 项目，我和另外十几个人待在客户的小办公室里。P 公司取消了加班费之后，大家都没什么心情加班。那个项目没有以前辛苦，基本到晚上十点十一点就可以下班了。

项目组里有个女孩子，叫 Rose，玫瑰的意思。她戴个眼镜，个子小小的，脸上总是有很甜美的笑容。她长得不算多好看，但是让人觉得很舒服，只是她的眼神，总给人感觉她很羡慕别人。Rose 和我在一组里，但是我们不经常说话，偶尔组里人一起吃饭，我夸夸其谈的时候，她只是微笑着坐在一边听，像空气一样。

有一天晚上，照例工作到十一点，大家一起散了，Rose 把电脑留在了客户那里，省得第二天上班还要拿过来。可是第二天，她没有来上班。没人知道她去了哪里，手机也联系不上。我们没有心情找她，也没有放在心上。倒是经理很着急，因为没人干活儿了，后来打电话到人事部，要求联系她的家里人。消息慢慢传开，我才知道，她回家之后，在第二天一早，跳楼自杀了。

她原来有很严重的抑郁症，但是同事们都不知道，她的丈夫、父亲、母亲都有很严重的病，家庭的重担带给她很大的压力，可是大家也没有多给她一些关怀。她就是一个普普通通的女同事，不爱说话只爱抿着嘴对别人笑一笑，心里有那么多痛苦，为什么要笑呢？我终于知道她眼神中的羡慕从何而来了。她的离去，让我突然感到，我们太关注工作了，没有足够的时间来关心一下自己身边的同事。我和她不算熟，但是我仍旧很伤心，那几天过马路的时候，我都恍惚看到她跟我擦肩而过。

Rose像玫瑰花瓣一样在风中飘散，多年以后，那股清香似乎还在。

也是在那一年，我们的手机上传来一条不祥的短信："W走了。"W是我以前在安达信的同事，可是我很久没见他，不是不熟悉，而是他回老家治病了。

我清楚地记得那天的场景。

W的座位在我对面，他是个四川小伙子，学习成绩超级好，人很聪明，爱踢球，比我晚进公司一年。W长得白白嫩嫩，小眼睛，性格随和。我觉得他很适合在安达信这种公司工作，因为他有很好的心态。那天他捂着肚子进公司，黄豆大的汗珠从额头上滚落下来，我赶紧问他怎么了，他说："肚子痛。""肚子痛赶紧去医院啊。"W回答："下午就去看。"后来我知道，他之前在石家庄出差，肚子疼得在床上打滚。

W去看病了，再也没有回来。因为听说医生只是照了下片子，连活检都没有做就断定是直肠癌的晚期。W立刻回了老家四川，在成都的军医院治病。之后再听到他的消息，基本是癌症又扩散到了哪里，他又被切除了哪个器官。直到那天，他妈妈用他的手机号给所有人发了短信："W走了。"

这种离去对他及家人应该都是一种解脱吧。他当时的项目经理悲痛欲绝，和我们吃饭的时候提起这件事，总是深深地自责和内疚，话说到一半眼泪就先下来，接下去就是不停地叹气。其实W的病当然不怨她，但是我能理解那种同事离去的痛苦。当初Rose走，我也有这种自责，虽然我跟她完全不熟，只是和她分在一组做项目而已。

那天的秋天，我又碰到了Simon。

我之前提到过Simon，他是我在安达信入职培训时候的老师，当初我们关系很好，后来四年没有过联系。他突然辗转地找到了我，说要和我吃饭。Simon从安达信出来之后就和几个其他人一起建立了自己的公司，专门承接咨询业务，不做审计。

那年是二〇〇三年，美国资本市场刚刚经历了三大举世震惊的丑闻案，正在慢慢恢复中，布什总统在二〇〇二年签署了一项如今对于美国上市公司管理层如雷贯耳的法案：萨班斯奥克斯利法，简称萨班斯。该法案要求所有在美上市公司在出具年度财务报告时，还要让审计师对内部控制出具意见。如果安达信那时还在，估计要大乐了，因为这简直就是安达信所推行的商业审计的法规版。于是很多在美国上市的中国企业需要借助咨询机构的力量来帮助其进行萨班斯法案合规，Simon的公司承接的就是这类业务。他找我谈话，是因为他需要有个人能够在北京帮他。

那时的我刚刚买了属于自己的小房子，有贷款压力，Simon说公司正在建设期，不能负担太高的工资，只能一个月给我五千块，我想也没想就先拒绝了。我的小房子二〇〇五年才交房，我既要还贷又要租房，经济压力很大。而且我是个很懒并且安于现状的人，觉得辞职是一件很麻烦的事儿。

那段时间我是第二年的项目经理了，日子过得比以前舒坦。因为公司扩招了很多人，大家不需要再长时间地天天加班到凌晨。业务淡季的时候，我悠闲地坐在办公室里上网喝咖啡，觉得日子过得倒也不亦乐乎，只是有些无聊。

五年了，五年的时间一晃而过，从朝阳到晓月，那段昏天黑地的日子终于过去了。我还要继续走下去吗？Simon 的出现终于触动了我心底里那片小小的波澜。

再见，审计师

从那次 Simon 找我吃饭聊天之后，我没有再想这件事，而是继续着平淡的生活，自己租住在一间小小的一居室里。

我很喜欢看高木直子的手绘本，其中《一个人住第 5 年》里面有个镜头，当夜晚有人来敲门的时候，高木直子不敢开门，但是又想看看门外是谁，于是趴在地上匍匐前进蹭到门口。看到这里我笑个不停，因为太有共鸣了。我当初住在那间小小的一居室时，总是很害怕有人敲门，对我而言，防止有人入侵的最好方法就是：假装家里没人。

我一个人的时候会静静的，如果我发现门外有响动，我就更加会静静的，有时候因为害怕，出了汗又不敢翻身，连被子都湿了。如果在家看电视，我也会把声音弄得小小的，总之一句话，我希望全世界都以为这屋子里面没人。这样万一真的有人闯进来，我也好偷偷藏起来。

最怕就是夜里有人敲门，那简直会吓破我的胆。我是绝对不会开门的，而且不会走动，以免外面的人能够从门镜感觉到屋里光影晃动。有几次敲门声总也不停，出于好奇，我很想去看看外面是谁，于是就趴在地上匍匐前进，并且把身体贴在门边的墙壁上，慢慢蹭上来，然后迅猛地往门镜里一探。由于爬得过于缓慢，经常是门外的人已经走了，而我自己却吓得几乎虚脱。我在屋里如临大敌、草木皆兵，外面的人可能完全感觉不到，想想也挺可笑的。

我开始更加重视生活的质量，不再沉迷于工作，经常和朋友一起出去吃喝玩乐，并且酷爱旅行。虽然对生活越来越热爱，但是我对这份工作却厌倦了。作为项目经理的我经常懒得去看同事们出的底稿，看到数字就头晕脑涨。我甚至想到了彻底转行。

那段时间我认识了一个好朋友，叫默默。他是广告公司的，我觉得我的性格很适合这个行业，而默默也觉得我的性格适合做广告业，于是我让他介绍我去奥美公司。我做了五年的审计师，对广告一窍不通，面试了一轮之后接到奥美的消息，他们认为我的基本素质还可以，可以给我 Offer，但是级别只能定得很低，因为我只算是一个刚刚入行的人。而要我真的放弃目前的行业彻底转行，我也认为是很可惜的事情。这就是我所遭遇的尴尬，上也不行下也不行。

在我无比纠结无法取舍的时候，Simon又找到了我。

Simon说，他公司的经营状况在好转，工资可以按照我的级别，和四大一个水平。我和他吃了一次饭，又见了另外一个公司的创建者，随便聊了聊天。我自认为没有承诺他任何事，心里也没有把这个工作看得太重。基本上，我吃过饭后压根没有再想这件事，继续着我在P公司里平平淡淡、无比纠结的生活。

那是二〇〇三年的大年二十九，第二天就要过春节了，我正在办公室里工作，高兴地期待着春节的大假。一封陌生邮件的出现完全搅乱了我的平静。Simon给我发了一封邮件，里面只有一句话："你提交辞职信了吗？"

我立刻五雷轰顶。啥？！我说过我要辞职吗？我答应过要去他的公司吗？我……经过短暂的思考，我的脑子短路了，我迅速在网上找了一封辞职信的模板，改了一下发给了公司的人事部。一切发生得那么突然，连我自己都没有想到。同事们对我的辞职感到大为震惊，因为完全没有前兆。我也没有和同事们解释，反正辞职信都交了，那就辞职吧。

公司安排了我最初的面试官Paul来找我做离职谈话。他没怎么留我，因为我一开始就告诉他："您不用说那些冠冕堂皇的话了，我去意已定，我从毕业起就在这个行业，是时候去尝试一下其他的工作了。"Paul听了没说什么，微笑着看着我回答："好吧，Vicky，随时欢迎你回来。"

离职手续办得很快，我拿着离职清单到各个部门去盖章，心里非常轻松。手中的工作全部和同事交接好了。我抚摸着那些黄色封皮的工作底稿，突然有些不舍。真正离开公司那天，我给同事们写了一封信，叫做《二月天，我与你们告别》。同事们说很期待我的离职信，因为我写过《活在安达信的日子》，他们希望还能看到那样的文章。但我却没有心情写了。那天在电梯间里突然有点伤感，五年，就这么过去了，而我真的要离开了。

Paul 也在等电梯，他可能看出了我的伤感，对我说："还是留下来吧。"这句话让我非常感动，心里都流泪了，但只是沉默。就这样，在工作后的第五年，我莫名其妙地离开了审计师的队伍，进入了咨询公司，开始了我生活中全新的一章。

SOHO一族：很自由也很寂寞

我的新公司有三个合伙人，都是以前做审计师的。他们主要在上海上班，北京只有我一个人。北京还没有开展业务，也没有自己的办公室，我竟然要先在家办公。

我正经变成了SOHO一族，除了Simon有时候给我打电话以外，其余时间非常自由。我所接到的第一个项目是帮一家外企审阅规章制度。客户把制度用电子邮件形式发给我，我在家里看，每个星期给一个反馈。工作压力不大，也没什么人管我。我自己也彻底放鸽子了，每天下午三点起床，工作一会儿之后就跑出去和以前同事吃饭，因为我自己不会做饭，晚饭后回来再继续工作，到凌晨两三点再睡觉，完全过的是美国时间。

不过SOHO其实是很闷的，没人陪我说话，一切都要自己解决，给人打个电话还要浪费自己家的话费，上网也是自己花钱，就连空调都要自己花电钱。客户有时候要发传真，我也完全不好意思说我这里没传真，就只能留以前P公司的传真号，再跑到以前同事那里把传真取回来。折腾死了。

后来实在受不了这么跑来跑去，就自己花钱买了一台四合一的惠普打印机，能发传真、打印、复印和扫描。发工资是用现金，每个月Simon到北京来关照我的时候，就会带给我一大摞一百元的钞票，搞得跟地下交易似的。我心里其实有点儿含糊，之前在大公司做久了，连打字都有专门的Typing Pool，公司里打扫卫生的阿姨据说都是学会计的，虽然脾气不好，但是在旺季的时候，她都要被我们征用来复印、装订甚至做表格。现在变成一家小民企的员工，连办公室都没有，业务感觉也是一天有一天没的，心里很没底。

不过我的小日子过得还不错，常常去找以前同事吃饭，吃饭的时候听说，由于P公司一直在减薪和裁人，项目经理级别的同事好像要和合伙人谈判。我很遗憾当时我已经不在P公司工作了，否则这个热闹实在太值得凑一凑了。大家也热情地邀请我在谈判那天偷偷到P公司去参观一下。

P公司的劳资纠纷据说已经发展到了白热化的阶段。合伙人突然同意了进行谈判并且迅速确定了一个谈判时间。可是项目经理队伍中突然出现了分歧，主要的分歧在于，一方要求改变谈判时间，他们的理由是，老板选了一个让大家非常仓促的时间，并且很多项目经理都在项目上无法及时赶回来；而一方则认为这个机会难得，应该及时把握。

最终谈判按照老板提出的时间进行，历时三个多小时。当时的气氛很热烈，有六个合伙人和几十个项目经理参加，大会议室已经坐不下了，还有很多广州、上海和深圳的同事过来，这让人事部的人很吃惊。会谈很激烈，合伙人的回答不断地被质问，常常问到语塞。有两个合伙人非常不合时宜地提出要和大家分享一下在P公司的美丽经验，结果遭到全场一片嘘声。人事部的合伙人不是中国人，听不懂中文，但是现场的同事坚持用中文讲。

合伙人之所以能升到合伙人，说明这些人都是聪明人，不是那么容易被胁迫的。三个小时之后还是没达成共识，于是一个胖胖的合伙人说，他认为不可能在这个会议上解决问题。我本人很喜欢这个胖胖的合伙人，以前跟他合作的时候，就觉得他很聪明，并且善解人意。而事实是，大家也确实很给他面子，决定结束会议，但要求给一个时间表，主要围绕加班费、体检和建立工会等问题，人事部答应在一周之内给大家答复。

无论答复如何，跟我已经全然没有关系，慢慢地我也不再关心。

我变得越来越懒散，以前做审计师时那种工作激情似乎不见了。白天很晚起床开始工作，晚上有时候和同事吃饭，有时候和男朋友吃饭，跟以前的日子比，简直闲散得像是隐居了。和我一届的同事也纷纷开始离开四大，或者出国念书，或者去了其他公司，我想可能大家都到了职业倦怠期。我推荐了一个以前的同事也加入了我现在的这家咨询公司（我们叫T公司吧）。

于是在二〇〇四年初，T公司有了两名员工，我是经理，我叫Vicky，另外一个是项目经理，叫马文。

上司是个工作狂

以前有人问我是干吗的,我会说:"我是审计师。"很多人也会狐疑地问:"审计师是什么?"我气如洪钟地回答:"就是查账的!"虽然狭隘了一些,但是问的人多会做恍然大悟状。尽管他们还是会把查账的概念跟"公检法"联系在一起,不过至少大方向是对了。

现在有人问我是干吗的,我只能说:"我是做咨询的。"明白点儿的会问:"做什么咨询啊?"于是我只能羞涩地说:"商业风险、内部控制和内部审计。"问的人基本已经一脑门子的问号了。但是他们还会追问:"那是什么啊?"我只能再说:"其实就是看看你的工作程序上有什么漏洞。"问的人又假装恍然大悟状,然后假装理解地说:"明白了,你是做系统支持的。"我表嫂更气人,她琢磨了琢磨"咨询"这个词的意义之后,问:"婚介你们管吗?"……

我进咨询公司在家 SOHO 了没多久,老板就再也看不下去了,拼命接了一个在北京的萨班斯法案合规的项目,抓了全公司的人来做。当然,北京仍旧只有两个员工,马文和我。

负责这个项目的董事叫Susan，这个女人对我未来的职业生涯影响非常深远。她和我们所有人只是为了钱而工作不同，她是为了兴趣而工作，她喜欢干咨询这行，把写报告看成是一种乐趣。所以如果这种人不是工作狂，那就没有天理了。

我们谁也没有真正做过萨班斯合规的项目，因为我们全部是审计师出身。以前做审计，主要是看报表、看凭证、作调整，写的工作底稿都是解释这个数字是怎么来的。萨班斯合规需要看更多业务流程的控制内容，工作底稿是流程图和一种叫做风险控制矩阵的东西。工作的访谈量很大，我和马文都没有经验，以前连流程图都没有正经画过，所以有些手忙脚乱。

Susan兴致盎然地投入了工作，不断摸索工作模板和工作方法，反复让我们修改我们的工作底稿，总是嫌我们做出来的东西不够细。本来我是经理级别，马文是项目经理级别，如果还是在会计师事务所，那我们俩应该是负责审阅别人工作底稿的人。现在由于行业不同，大家都是第一次接触，所以连Susan都要落手落脚亲自画流程图，我和马文基本是在做小朋友们的工作。一切重新开始。

我最喜欢做的事情是工资测试。这个测试是我做的最认真的一个了，如果你有幸或者不小心路过了我的办公室，你会看到一个女生抱着一大本厚厚的文件夹在灯下苦读，有时还会情绪激昂地叹一口气。我很有种在偷窥的感觉，因为我在看一份连大多数客户可能都没有权利看到的文件，这家公司每个人的工资都历历在目，看得我是心惊肉跳。

我像个巫婆一样扎在这些表格中喃喃自语，时而激动时而愤慨时而嘲笑时而满足。表格中的这些人再次出现在我的眼前时，已经变成了一堆的数字符号，他们的脑袋顶儿上都闪现出一万、四千、八千的字样。

路过他们的时候我或许会悲伤地想：他为啥能拿那么多钱呢？恐怕每个人都有偷窥别人的想法吧，我就偷窥得明目张胆且不亦乐乎。虽然看工资表格看得眼睛都花了，但我还是认为这份工作只有做这个测试的时候才有极大的乐趣。

Susan 的压力很大，所以有时候对待我们有点歇斯底里。比如，她打电话给马文，马文没有及时接，那一秒钟之后我的电话就响了；如果我也没接，那马文老婆的电话一秒钟之后就响了；如果马文老婆也没接，那马文他妈的电话一秒钟之后就响了……真难为她竟然能收集这么多的电话号码。

我很怕 Susan，因为她对工作太痴迷了，而我正好处在工作倦怠期，非常懒散。她不遗余力地不停催促我和马文赶紧出底稿，我能感受到她对我的不满。但是有 Simon 站在我的身后，她暂时也不会把我怎样。

公司挑选了北京的一家写字楼作为办公室，我们终于不在家 SOHO 了。但是 SOHO 的生活让我养成了晚起床的生活习惯，现在突然间九点钟要上班，我最大的问题是起不来，上班总是迟到。Simon 是不管迟到的，他认为只要把工作做好，其他事情不必过度追究。有天我十点多了才到公司，秘书迅速把我拉到一边对我说："你赶紧给 Susan 打个电话。"后来我才知道，Susan 打电话到公司找我，秘书企图说我去见客户了，于是 Susan 一针见血地指出："我知道她没在客户那儿，我也知道你们总是包庇她，她现在到底在哪里？！"

于是我尽量少跟 Susan 接触，因为她太聪明了，对我的那些小伎俩能够一眼戳穿。有时候我一时兴起想要拍拍她的马屁，会被她一句话顶回来，搞得我很尴尬。我也是很识相的人，再也不会在拍马屁这个

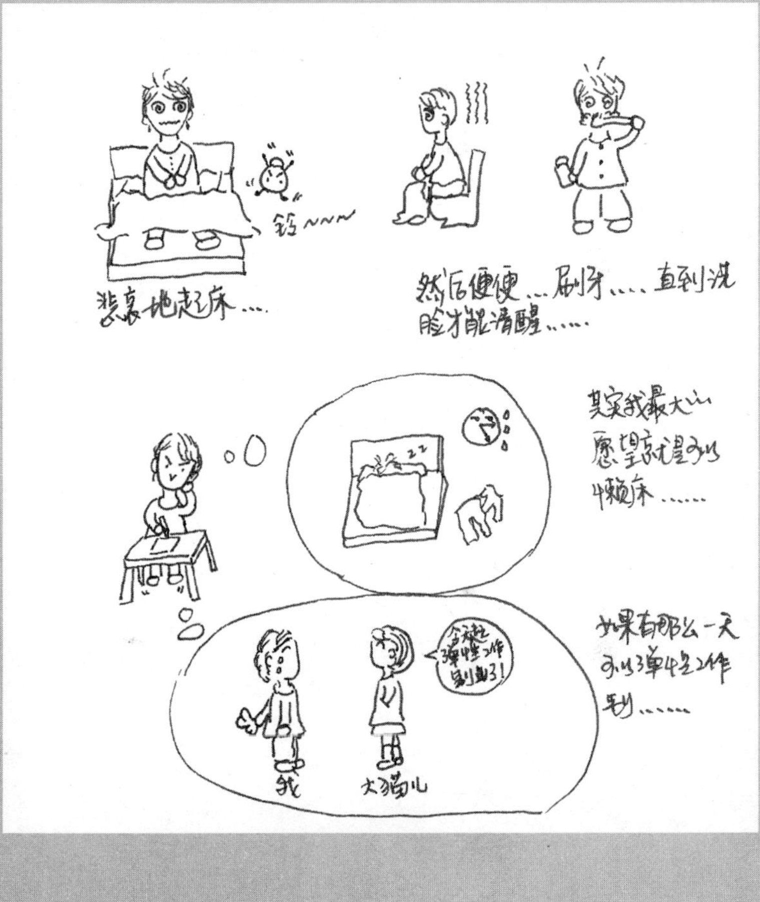
铃~~~
悲哀地起床……
然后便便……刷牙……直到洗脸才能清醒……
其实我最大的愿望就是可以懒床……
如果有那么一天可以弹性工作制……
今天起弹性工作制到了!
我
大猫儿

问题上做过多尝试。马文还算老实，所以 Susan 更加喜欢他。那个项目到了后期，也开始天天加班，但是和审计师比还是小 Case，只是有 Susan 在，气氛还是有点压抑。我们客户的办公室没有窗户，非常闷也非常静，Susan 像雕像一样坐在那里一动不动，我们就也不敢动，因为一动就会有细碎的响声，会把 Susan 的大圆眼吸引到出声的地方来。常常是每到晚上大家就全部无话，Susan 全身心投入工作，我们则在旁边连大气也不敢出。

项目顺利做完，Susan 回了上海，我终于可以和她保持距离了。听说在年度评估的会议上，她特别批评了我的懒散，并且坚持要给我打很低的分数，但是我不以为然，我和 Susan 性格不合，没办法。当然我心中也暗暗庆幸，好在 Susan 是在上海总部上班的，如果天天出现在我眼前，非把我逼疯了不可。

穷人走日本

T公司有好多需要出差的项目，我坐飞机的次数立刻多了很多。

有家客户在上海，日本公司。日本公司很小气的传言其实不属实，因为人家特地给我们订了五星级的酒店，并且吃喝免费，我心里抑制不住地喜悦。早餐好吃得很，有我爱吃的香肠和各式点心，并且喝了很健康的西柚汁。当然了，我是见过世面的人，我不能把我的喜悦表露出来，所以我表现得很矜持。

我和客户的一个财务人员住一个房间，我主要就是帮她来开这个会的，因为她的英文不好。进到房间之后，她打开了衣柜，突然惊呼："果然是五星级酒店呀！这里有个微波炉！"啥？衣柜里还有微波炉啊？我奔过去一看，原来是密码箱……晚上吃饭，日本人点了一份水煮牛肉，我一没留神，她把水煮牛肉当汤了，一碗接着一碗地喝，还跟旁边的人说："这个汤味道不错。"我赶紧提醒她："别喝汤，太油，喝多了胃会不舒服。"事实证明我没有说错，刚吃完饭没多久她就在酒店门口哇哇地吐。

第二天开会，发现与会者来自全球各地，有德国人、法国人、日本人和我们，于是会议上只能靠英文交流，所以本来非常简单的一件事到了我们这个会上就变得复杂起来，往往要经过五六个人互相解释、拉扯，还解释不清楚。日本人的思路和欧洲人不一样，但是我能够理解他们，因此我有时候会主动替他们解释，于是日本客户很喜欢我。我回到北京没多久，Simon就接到日本客户的电话，说希望我能去日本亲自主持这个项目。

我真是太开心了，因为这是我第一次去日本，还是公费耶。

那个时候的我很穷，因为把所有积蓄都买了房子，信用卡里基本只有几千块钱。不过反正是公费旅游，我就完全没放在心上。到了日本之后，客户又帮我订好了五星级的酒店，两千多人民币一晚，房间大得很，足够在里面翻跟头。然后客户告诉我，我需要自己先付账，项目结束后再统一报销。

接下来的一整天，我都在不停的算账中度过。卡里还有七千多块人民币，我要住两个星期，还要在这边吃饭，现在这点钱，连一个礼拜都坚持不了。那时候的我很独立，竟然从来没有想过让在北京的朋友先帮我往卡里打点钱应急。于是我跑去和客户商量。我当然不能说自己是因为穷才付不起酒店钱的，我只是说，我认为酒店离客户有点远，而我希望住在更近更方便一点的地方，条件差一些没有关系。客户当然乐得为自己省几个钱，于是第二天，我搬去了一家非常小的小酒店。

刚进这家酒店房间的时候，我以为房间里有一条长过道，后来发现不是，这条长过道里有张单人床，所以整间房其实就像个过道那么大。洗手间小得快赶上飞机上的盥洗室了。不过房间虽小五脏俱全，其实也很安静舒适，可以走着上班，价格每天四百多元人民币。

过了几天之后，我绝望地发现，自己的钱还是不够。

第一天中午吃饭，客户帮我买了一个小小的三明治以及一杯酸奶，然后告诉我，我可以到街对面的超市买午餐。我平时最重视午饭，每次都要吃很多，所以那个小小的三明治，还不够我塞牙缝的。第二天中午，我去对面的超市溜达了一圈，终于知道为啥客户中午吃那么少了，因为东西奇贵，那个三明治加小酸奶竟然要折合人民币三十多块钱。

于是我又开始激烈地算账。酒店房费要花掉四千四百多，而且我住了一天昂贵的五星级，已经花掉了两千块，也就是说，我靠着仅有的九百多块钱，要度过剩下的十天，每天花费九十元。而从酒店到机场的大巴费用也是我自己出，要三百多块。自己在日本过得也太拮据了，周末连出去转转的钱都没有。

我左思右想了半天，终于给 Simon 写了一封信，要求公司先给我一些预借现金。在我们这样的公司里，经常要出差，员工常常需要垫钱住酒店、买机票等，因此申请预借现金，先从公司拿一笔钱，在三个月内找发票来抵，没有抵完的再从工资里扣除。这是非常科学的方法。我本来以为预借现金是很容易的事，结果我的申请遭到了 Susan 的阻挠。

由于公司小，所以很多事情在最初是大家商量着办。当 Simon 提出我需要预借现金的时候，Susan 表示这种事情在公司里还没有先例，没有相关的制度支持不能这么做，并且她完全不相信我挣着这么高的工资竟然连几天的房费都拿不出来。我的冤屈只有我自己知道，可惜我在遥远的日本，否则我一定跑去银行打张余额单子给她看。

后来经过激烈的讨论，Simon 说可以提前先把工资打到我的卡里。就这样，我磕磕绊绊地解决了我的经济问题。

我在周末的时候出门逛了逛。逛日本很容易的，因为满街都是汉字，如果不是旁边的人都在说日语，那逛街的时候跟在北京没什么区别。从很多的小细节你可以看出日本是个治安很好、日常道德素质较高的国家。中国人一般都不理会人行道上的红绿灯，只要没有车，大家就会一拥而上跑过去。但是在日本，无论是否有车，无论是否已经是深夜，无论是否只有自己一个人，他们都会老老实实地等人行道的绿灯亮了再过马路，其实有些小马路三步就跨过去了，但就是没人闯红灯。

在日本的火车上有个座位叫"优先席"，是给老人和孕妇等弱势群体准备的，无论车是不是很挤，优先席上的位子总是空着几个，很多人宁愿站着也不坐。有些人坐了，但是一旦看到老人或者孕妇就立刻站起来让座，这个优先席设置得名副其实。在北京，公共汽车上也都设有老弱病残孕专座，但是坐在那里的没有几个是老弱病残孕，这个专座有名无实。

有一个周六，我出去吃麦当劳，正在紧张地思考着买哪个套餐更加划算，突然一个声音从柜台处传来："你是首都经贸大的！！"我恍惚了一下，突然有点搞不清自己到底身处何方了。反应过来之后，我看到一个女孩子瞪大了眼睛一脸激动地使劲儿从柜台上探出身子期待地看着我。她好像有点眼熟，所以我茫然地点点头。

那个女孩子迅速从柜台里钻了出来，快速地说："你记得我吗？我也是首都经贸大的，比你低一级，我们都是会计系的。我毕业后就到了日本上研究生，业余时间在这里打工，这是我的电话，你如果有空可以在日本找我玩。现在我必须回去工作了。"她迅速地把这一大段话说完冲我挤了下眼睛就回到了柜台后面。我估计日本老板肯定管得很严，于是我在纸上写下了我在北京的电话，轮到我点餐时递给她，然后说："你回了北京找我啊。"

在日本两周,我去逛了东京的浅草寺,买了很多小纪念品回国。日本的纪念品特别好,做工精细得让人拿起来就不忍放下。我把小纪念品带回来之后,特地给上海的同事们寄了一大箱。Susan 来北京的时候我问她:"您挑了什么纪念品?"她回答:"大家一抢而空了,我什么也没挑到。"

不知道为什么,我总觉得她凡事都有点儿针对我,我只能期待着以后不会再做她的项目了。

坐在飞机上思考终极问题

其实我很怕坐飞机。

有时候坐在飞机上没事干，我会想象飞机坠毁后的样子，我想象我的魂会搭着下班飞机回北京去，然后问题就产生了：我是一个魂儿了，那我是不是能穿过安检不响呢？我是不是可以穿过墙壁和关着的门？如果可以，那么我能不能坐在椅子上呢？照道理讲，要是我能穿过墙壁，说明现实中的东西是阻挡不了我的，我只能飘着，没办法坐，因为作为一个魂儿，我会穿过椅子甚至穿过地面，那我该怎么休息？于是，我的想象就变成了一种对终极问题的思考。

如果有天看到一个女的皱着眉头坐在飞机上很认真地发呆，时而落寞，时而好奇，时而伤感，时而惆怅，时而兴奋，那就应该是我了。

几年前我是不怕的，随着年龄的增长，我开始宁愿坐火车也不愿意坐飞机。之前我会买保险，就算我不小心去了，也好留点东西孝敬父母。但是一次，一个年纪很大的外国人对我说："你买保险干吗？"我说："要赔偿啊。""如果你死了，你拿得到这笔钱吗？"我心说，这不是废话么，难道这边的银行在天堂也是有分号的？于是那个外国人说："那你买保险有什么意义，你家人需要的是你不是钱。"于是我开始省那二十元保险钱。

我总觉得别人也跟我一样害怕坐飞机，每次我都觉得我有不祥预感。于是有次我问客户的一个香港会计师："你坐飞机怕不怕？"我想等待的一定是个肯定的答复，但是他说："有什么好怕的，经常坐啊。"我也问过Susan同样的问题："你害怕坐飞机吗？"我觉得Susan肯定很惜命小胆儿，跟我一样怕，结果Susan说："怕？我买保险了啊，不死反而亏二十呢。"Susan想了想继续说："其实出了事不死是最可怕的，赔偿不能全额拿到不说，人也要半死不活的。"于是我赶紧安慰她："没事没事，一般飞机出了事是一定死的，您不用担心。"这个人，思路真是怪得可以啊。

这种频繁的出差生活极大影响了我的生活质量，短信上经常出现如下对话：朋友发短信："我周三请您吃蟹宴。"我悲哀地回答："我在保定。"又有朋友发短信："今晚饭局七点。"我悲哀地回答："我在济南。"还有朋友发短信："下周吃烤鸭啊？"我悲哀地回答："我在湖南。"我的心都碎了，多少饭局随风而逝，短信一删屁都没有留下。朋友说："您赶紧傍个大款吧，算我求您了。"

当"两会"代表愤怒地呼吁"女性比男性提早退休属于性别歧视"时，我正在满脸泪水、以头抢地、对天疾呼："赶紧立法让女性三十五岁就都退休吧！"要不是生活所迫外加大牌们年年出新款，我早就洗洗睡了。

无休止的证书考试

在我欢天喜地享乐生活以及勤奋工作的过程中,考试的日子又临近了。

做我们这个行业,必须要面临的一个困境就是时时刻刻都要考试,证书永远不嫌多。公司里有些牛人,简历贴出来证书资格都要占两页,连国际秘书资格都有,实在太变态了。而我在刚开始的时候,只有一个惨不忍睹的学士学位,还连名牌大学都不是。

刚开始在做审计师,要考注册会计师资格,简称CPA。那个时候一共考五门:会计、经济法、税法、审计和财务管理。听起来挺少的,但是每门课都有很厚一本书,如果你不把边边角角的知识都记下来,考试肯定过不了。这个考试非常非常恐怖,每次同事们都争先恐后地请两个星期假来复习考试。我也请两个星期假,但是要用一个多星期来玩,剩下几天用来复习功课。后果可想而知,连续考了三年竟然一门都没有过。尤其是第三年,我用了一个星期来复习会计,自觉复习得非常好,考完试后查成绩,电话答录冷冰冰地告诉我:"您好,由于您在考卷上未贴条形码,没有成绩。"……

阴谋!一定有阴谋!我认为是一个巨大的势力集团在背后操纵着这一切,故意让我过不了 CPA 考试的!后来老天爷终于看不下去了,让安然倒闭、安达信歇业,把我逼上了另外一个职业:管理咨询。不过老天爷对我还是不够好,因为这个职业仍旧需要资格考试。这次我面临的资格考试是 CIA。

CIA 听起来很耳熟吧?经常在美国的警匪片里会有一些一看就是白痴的人拿出一个小徽章晃晃然后说:"CIA,这里交给我们来负责了。"NO,NO,NO,不是那个 CIA,而是国际注册内审师考试。在业界被很多人称为超级容易的考试,一共四门,都是选择题。我发现凡是考试及格了的孙子们都爱这么说:"很容易,随便看看就行了。"其实丫们每天在家闷头背书到凌晨,装什么聪明啊,真是的!弄得我每次考下来都显得非常没面子……

说它容易,我认为是不负责任的。怎么定义"容易"?我认为不需要看书就能过的考试才叫容易。显然 CIA 考试不符合这个定义。为了能够让自己的专业生涯走得更加长远,我每年复习一门,于是我以每年过一门的好成绩稳定地走向胜利……第四年的时候,我需要最后一搏。不仅仅因为我只差第四门没有过,还因为如果我再不过,就不能正常升职了。作为当时公司里唯一一个没有任何职业资格的经理,我对老板们心存感激并且非常惭愧……

为了未来的美好生活,这次的考试,不能有任何失误!

工作后我从来没有这么认真地对待过一次考试。在复习的一周里(虽然态度很严肃,但是仍旧只愿意抽出一周时间来复习),每天早上十点开始看书,一直看到晚上十二点。周末就是 CIA 的考试了,我泪流满面地每天在家里做题，不参加饭局，不参加Party，不出席任何一次与考试无关的活动（除了有一天去了一趟新光天地，因为很多品牌打三折）。并且我花了一百五十大元购买了网络课堂和模拟考题！这简直是从来没有过的事！

马文也考这个试，有时候会把模拟题发给他一道让他做，有些题是变态到不能再变态了，题目看不懂也就算了，正确选项居然是我打破了脑袋也不会选的那一个。举个例子吧：

题目：为保证非赢利组织能及时将全部捐款入账，哪一个控制程序能提供最大的保障？

A 使用带锁的箱子来接受捐赠款；

B 定期对组织的现金收入进行审计，以存款余额为起点，逆查至原来的现金收入记录；

C 要求所有捐赠均以支票支付；

D 要求向所有捐赠者进行函证，并附上负责将现金送存银行的人员所开具的收据。

本着高尚的专业精神，我选了D。结果正确答案竟然是……A……原来用带锁的箱子装钱就可以了！这根本就是在招保安么？！于是我和马文讨论，这些考试都是没谱儿的人考的，越没谱儿，得的分数就越高。而我和马文的最大缺点就在于……我们都太有谱了……

但是玩笑虽然可以开开，我还是需要过这些没谱儿的考试的。那段时间我几乎要得精神病了，每当有人在我身边提到任何与财政、金融、税法或者会计等相关的词汇，我都会立刻大声地背出我记忆中的知识点。

　　参加模拟考试的时候，我以超过百分之九十的正确率通过了十次模考。在这么努力的学习后，考试变得异常容易，好像所有的题都做过，直接选择答案就好了。之后查询成绩，我也一点儿都不紧张，不会有其他结果的，一定是"PASS"。我有了人生中的第一个（也许是唯一一个）资格证书。

　　我真不是一个好孩子，也是一个没有什么运气的坏孩子。如果想达到自己的目标，除了努力没有任何捷径可走。尽管我不是一个好孩子，但是好运气只能靠自己创造啊。

事业型胸闷美少女

　　证书考试让我在北京消停了两天，刚考完就被老板派出去出差了。有天晚上，朋友问我："你什么时候回来？"我告诉他："我明儿就回去，然后周日再走，然后周五再回去然后周日再走，然后……"我发现我的生活陷入了一个循环的怪圈。朋友一点儿也不同情我，只丢下一句："你真是个事业妇女。"然后绝尘而去。我果然是个事业妇女，不，妇女不好听，我们是事业型美少女。

　　晚上睡不着觉，满脑子都是乌七八糟的东西，都跟工作有关，我瞪着我的无敌精光暴射大圆眼一直到凌晨一点多，然后我觉得，我不能再这么颓废下去了，于是起床上网。我发现午夜之后在MSN上的人还真不少呢，一个P公司以前的同事在线上，我问她："你怎么还不睡觉？"她回答："加班啊！"我很冷酷地对她说："真正常。"那些总是加班到凌晨的日子啊，求老天保佑终于一去不复返了。

　　一个中银国际的券商也在线，这位已婚的中年帅哥一直在真诚地劝慰我不要再这么拼命地工作了，找个大款三十岁赶紧退休。我也很真诚地告诉他，我从年少时就有这个理想了，只是现在还没有实现，但是这仍旧是我人生的终极目标。券商问："什么算大款？"我说："每月白给我现在的工资就算。"我的目标多卑微啊，菜花说，她认识的一个女孩子刚刚订了一个三十万人民币的手提包，花的全是老公的钱，菜花悲哀地说："你看看人家是怎么混的？！"

最近有点胸闷，我小时候就有这个毛病。百度了一下，发现引起胸闷的情况很多，比如冠心病，比如心肌炎，比如心血管疾病……看来命不久矣了，得及时行乐。在诸多可能中，我觉得有一种非常适合我：焦虑症。

传说，焦虑症是事业型无敌少女才会得的，这比较符合我的定义。最近让我焦虑的事情很多，比如工作太多没有头绪，比如跟客户沟通不畅，比如会议太多，比如美国签证不知道能不能签过去……昨天晚上我竟然做梦梦到去使馆面签，签过了，醒来之后我惆怅地望着天花板，突然觉得自己很凄惨……

我的胸闷持续了好几天，有天晚上差点憋死，所以特地去了趟医院，挂了专家号。老专家详细地问了我的症状，用听诊器听了很久，然后死死地盯着我的眼睛，看得我心里发毛。他问："你眼睛最近有异常吗？"我的心立刻哇凉哇凉的，我的精光暴射无敌大圆眼出问题了？！我惊恐地说："没有啊，有什么问题吗？"医生很严肃很严肃地对我说："显得有点大。"

经过检查，我一切正常，除了胸闷。

下午两点半到了客户的办公室，客户紧张兮兮地说："杨经理，您今天下午四点要给我们做个培训，准备得怎么样了？"这个问题他至少问了四遍了，问得我很烦。就是一个关于盘点的小会而已，有什么好紧张的。于是我很大度地回答:"当然准备好了,您都提醒我四遍了。"

客户舒了一口气,很欣慰地对我说:"唉,那就好那就好,那我就放心了。下午培训大概有一百五十个人参加,我们打算录像之后做成DVD保存。"……我立马觉得眼前发黑昏厥了一下,扶着桌子勉强站立着。多么难以置信的一件事儿啊!一个半小时之后我的讲话将被做成教学DVD!而我还根本没有正式准备呢!胸更闷了。

晚上吃完饭,有个电话打进来,一个不熟悉的固定电话号码。我一接,对方问:"喂?是Vicky吗?"貌似是香港口音,我心里一紧,完了,Simon给我打电话一定是因为工作。结果对方说:"我是XXX。"原来是公司里一个小兄弟,我立马松懈了,说:"哎哟,你怎么装香港口音,害我以为是Simon哪,吓死我了。"想不到对方顿了一下,告诉我:"嗯,其实Simon也在。"哇靠,原来是电话会议啊!

真是诸事不宜。

出差的这段日子里,我最喜欢和同事们聊天。我没到T公司多久,新同事特别多,完全激发了我的表现欲。本来我话就多,遇见不怎么熟的同事,正好把陈年旧事当回锅肉一样又炒了炒,添油加醋地又说一遍。因此在午饭的时候,我基本没怎么吃东西,说得嘴皮子都薄了。下午很饿,于是我很严肃地对她们说:"晚饭的时候你们要提醒我,让我控制一下说话的节奏,我中午都没吃好。"

晚上点菜的时候,我又抓紧一切时间说话。晚上我们去酒店的卡拉OK大厅坐了坐,本来想听听别人唱,无奈他们唱得实在太难听了,没个准调,于是我为了挽救大众的视听在一片掌声中登台了。据同事反应,我刚刚张嘴唱第一句,一个服务员就迷上了我,于是立刻送了我一束塑料花。我让同事们把这段故事在公司里广为传播。

在客户这边，我们工作的桌子对面有个男的，圆圆的脸，戴个眼镜儿很可爱的样子。他用的手机铃声是"蓝精灵"，每天伴着"在那山滴那边水滴那边有一群蓝精灵"的曲子，他会弓着背慌慌张张地出去接电话，我一瞬间好像回到了小时候。有天，同事加班，他刚巧也在加班，但是好像很闲，于是溜达到旁边的桌子吃瓜子。一分钟之后，他一跃而起跳着脚跑到自己的位子前面喝了一大口水，然后沉痛地对我们说："我吃了一粒很苦的瓜子。"然后很自觉地到我们的桌子来找话梅漱嘴。

他一直很迷惑一个问题："为什么你们公司那么多女的？"对于这个问题，我也很遗憾，不仅仅很多女的，而且都是美女。我无数次暗示、威逼、利诱Simon多招些男生，但是没办法，男生们就是这么没福气。Simon也不怎么重视我的强烈请求，还是不断招聘美女进来，这日子快没法儿过了。

我们这些事业型美少女围成一桌得意扬扬地工作，工作到动情之处一片寂静，我们都沉浸在工作中不能自拔。我无意中抬了一下头，发现对面那个男生正拿着手机偷偷拍我们，被我发现之后立刻低下头偷笑，脸颊一片通红。

美国签证

公司里要送所有的经理去美国培训,包括我。这是一件让我很兴奋的事情,毕竟一个没去过的地方对我是很有吸引力的。但是独身女子很难办理去美国的签证,就算是有美国的邀请函,只要签证官看你不顺眼,照样给你拒了没商量。对此我很不齿,因为我确实不想去美国移民,如果因为"移民倾向"而拒了我,那会对我幼小的心灵造成极大的伤害。

为了办签证,我首先要准备一张全家福。对于美国签证为什么要全家福,我不太清楚,作为一个小老百姓,我也不敢问啊,人家要我就给呗。估计为了证明我在国内还是上有老下有小的,不会一撂挑子躲在美国不回来。于是我召集了我妈、我爸、我姐一起照相。

我妈我爸如临大敌,老早就穿戴整齐正襟危坐在家等着我回去,他们以为我得带着他们去美国使馆照呢,把自己最豪华的衣服都穿上了。我赶紧告诉他们,别这么着急,我们在家照就行了。立刻,我爸把拖鞋换上了。这一举动招致了我妈的一顿臭骂:"不行不行!你赶紧把皮鞋穿上去！你的拖鞋到时候都照到相片里去了！该发到美国去了！人家一看就觉得你素质不高！"我爸赶紧又把皮鞋换上。

我一直劝他们："别把这个太当回事，就是照张相而已，没什么的。"但是在相机举起的那一刹那，我妈我爸坐得笔板条直，就跟政治局常委开大会一样，一脸肃穆。倒是我和我姐，嬉皮笑脸地坐在两边，显得很不搭调。我姐看到照片就笑翻了，说我爸妈就跟俩假人儿似的，整个儿两尊泥胎。

跑去签证那天，我特地看了皇历，运势很差，而且果然我的运势很差。我的预约时间是十二点半，十点多我发现收据和护照竟然没带，赶紧火速回家去取。取来之后在使馆门口排队，卫兵喊着名字放人进去，他大声喊出我名字的时候，我觉得我就像是边境线上的难民。进去之后仍旧排队，先是检查资料，窗口的阿姨说："你少填了两行。"于是我补，补完之后发现需要重新排队。

第二次排队终于又到我了，窗口的阿姨说："你发票缺了一联，自己想办法去。"你大爷的，为什么刚才不都说全了！我咬着后槽牙出了使馆，给秘书打电话要发票的第二联，秘书甜甜地说："我没有啊，已经寄到上海做账去了。"……使馆门口的那些帮忙填表照相的看到我就跟看到财神一样，追着问："缺什么啊？"我说："发票少了一联。""我卖给你，九百块钱一套发票，两联儿。"我当时就掏钱买了，连签证官都没见到呢就让我打道回府，不可能！

于是我开始了第三次排队，到了窗口之后，我忐忑极了，如果那个阿姨又找碴儿让我补这补那的话，我就把所有资料都拽她脸上。还好，她看出了我的无敌，很识相地放我去排下一个队。

我前面一个女人，去美国探亲，签证官问："你丈夫在美国干什么？"女人用响彻大厅的洪亮声音回答："美国的银行总裁！"签证官又问："你们什么时候结婚的？"女人答："今年五月。"签证官看了她一眼："对不起，这种情况很难让人相信，我不能给你签证。"女人当时就急了，大声喊着："凭什么？！我北京有两套一百八十平方米的房子！你告诉我具体原因！不然我没法跟总裁交代！我还有我一岁多小孩儿的照片！"嗯？她不是今年五月才结婚么……

到我了，我已经做好了被拒的准备，签证官一共问了我一分钟的问题，然后对我说："到一号窗口领签证。"

还有个老太太，她为这次签证准备了很久，还带了一张很大的报纸，据说报纸上有她家人的照片。她去美国看她女儿。在签证窗口，我看到她很费劲很费劲地把报纸打开给签证官看，报纸太大了，她拉长了手臂挺直了小小佝偻的身躯贴在签证窗口想让签证官看得清楚一些。签证官遗憾地摇了摇头。

接下来，我就开始了漫长而纠结的美国之行。

不知所措的我

我带了厚厚的一本《哈利·波特》准备在飞机上看，十二个小时呢，总要有点事情做。结果自己磨蹭了磨蹭之后发现人家飞机上到点儿就熄灯了，我试图把我这边的灯打开，可是身边的人已经张着嘴睡得昏天黑地的，很不方便打扰。我就奇怪，这些人什么作息习惯，才十点多就要睡觉了！

于是我孤单地望着黑漆漆的天花板，强迫自己孤单地睡去了。

我这一路到美国是非常奔波的，先到洛杉矶，然后转机到旧金山。到洛杉矶之后过关口，关口的美国男人问的问题比签证官都多，竟然问我："你知不知道九乘以七等于多少？"我当时就蒙了，这个问题跟我入境有关系吗？我很不理解地回答："这个问题很简单啊，等于六十三。"后来想想他们是没有九九乘法表的，大概九乘以七对他们来说是很复杂的一道计算题了。

继而他又问："你在中国哪里？"我说："北京。""哦，很拥挤的一个城市，很多中国人。"我说："还有很多外国人。"丫竟然一撇嘴说：

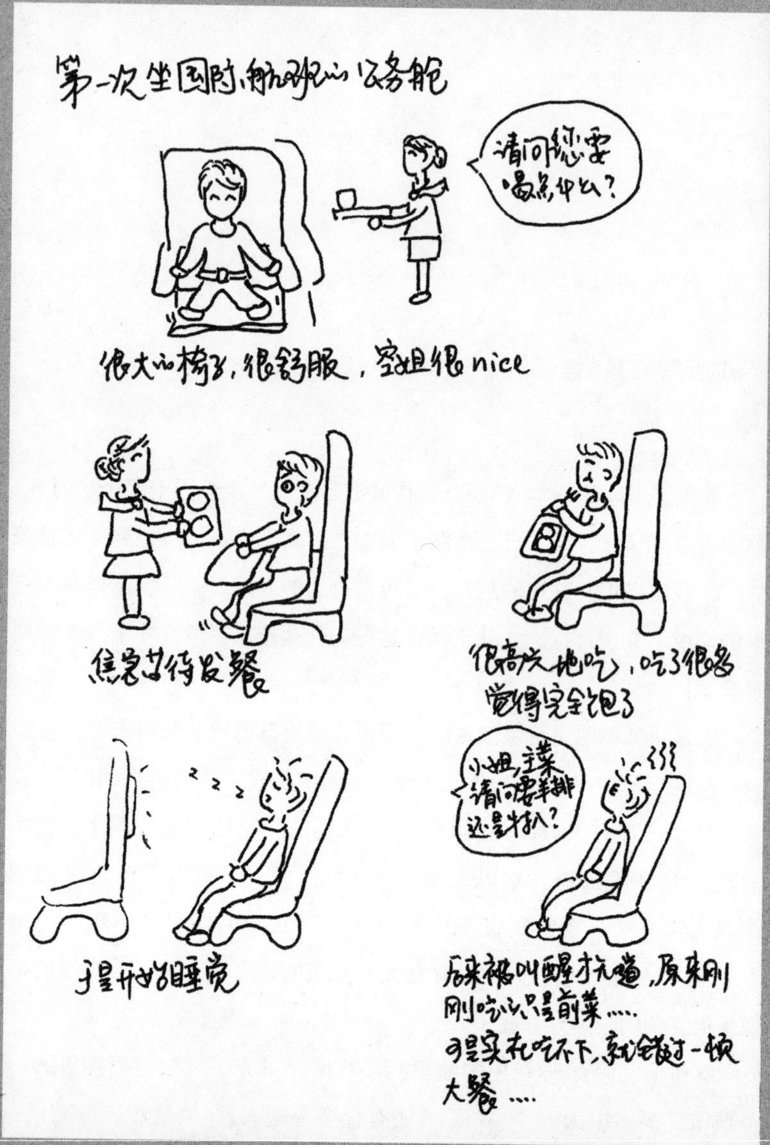
第一次坐国际航班的公务舱
请问您要喝点什么？
很大的椅子，很舒服，空姐很nice
焦急地等待发餐
很高兴地吃，吃了很多
觉得完全饱了
于是开始睡觉
小姐，主菜请问要羊排还是牛扒？
后来被叫醒才知道，原来刚刚吃的只是前菜……
于是实在吃不下，就错过一顿大餐……

"天哪，他们受得了那里吗？"我当时真的火了，于是吸了口气问："你去过北京吗，你就这样说？"他深深地看了我一眼，把我的护照还给我说："我开个玩笑而已。"我扯过护照头也不回地走了。

我在美国住的酒店很好，是个二层的小楼，每个房间都是套房，我有一张king-size（总统级别）的大床。我和我的同屋至今都没有正式见面，我进门的时候她在洗澡，她出门的时候我在洗澡。生活眼瞅着就要美好起来了，但是，我把时差倒乱了。我无意中动了屋子里的钟，于是钟不小心快了一个小时，我不知道我已经不小心调了它，于是我看着钟又看着我自己的手表开始怀疑人生：究竟哪个是对的？带着这种狐疑，我很忐忑地睡下。我一般没有关机的习惯，于是，我分别在凌晨三点至凌晨四点之间收到无数的短信和电话。祖国人民还没有把我忘了，但是他们把美国有时差这事儿给忘了。

早上五点半，我听到我同屋出门了。谁能告诉我她干吗去了？！五点半啊！于是我又开始怀疑我的手表。为了保证上课不迟到，我宁愿相信现在已经六点半了。于是我起了床，半个小时后去吃了早饭，然后回房间睡了半个小时回笼觉。期间我的同屋一直不知所踪。

来美国之前，我向朋友换了一千三百九十六美元，然后我很粗略地算了一下，汇了一万两千人民币给人家。昨晚收到朋友的MSN："您真慷慨啊，竟然在人民币升值的时候按照八点五的汇率给我钱，大恩不言谢了。"我口吐鲜血一下子晕倒在了电脑前，在我神志清醒的最后一刻，我挣扎着回了几个字："还给我……"

我到了酒店之后着急上网，公司给了我一个邮件告诉我应该怎么上网，可是我没有仔细看。上了IE之后，跳出一个窗口让我买网络的服务，一天十美元，七天四十美元。傻子也知道买七天的服务是很值的，于是我用信用卡付了钱，还觉得自己很聪明。

　　第二天，我同事说："你上网了没？"我说："上了啊。你们交了多少钱？"同事讶异地看着我说："交钱？不用交啊？按照公司的邮件申请会员就可以了。"……希望我付费的网络比他们的快！加上我申请签证的时候在大使馆门口买发票的钱，本次培训已经毫无意义地支出两千块了……

我讨厌讲英文!

每次参加国际性质的培训,我都会变得很文静很文静,一个星期下来我憋得人都瘦了,于是每次我都会暗自下定决心,学英文!老子要是三个月后还说不出一段整话来就一死以报中华父老!但是,在本次培训中,我发现,当务之急是练练听力了……

由于这次培训是在美国本土,所以美国人民非常兴奋,上课的时候一点也不照顾我们中国人和法国人的情绪,讲英文快得我要完全集中精神才能听懂,一点儿神都不能走,一节课下来我都快虚脱了。而且他们的玩笑,我永远不懂……

晚上吃饭,据说是很神秘的一个饭局,我觉得一点也不神秘,是神经。饭局中间穿插着三个演员演总统竞选,充斥着美国人的政治幽默。别人哈哈大笑我们埋头苦吃,但是演员时不时地冲出来问你几个竞选的问题,所以我们又不能不竖起耳朵听,免得问到自己的时候跟傻子一样。

一顿饭吃得相当没有胃口,一会儿总统被枪击了,一会儿第一夫人中毒了，一会儿总统被人用刀捅了，真是又紧张又刺激。演员们是很敬业的，在我们吃饭之余跑东跑西、大呼小叫。我们和法国人只能很无奈很无奈地啃牛排，而美国人几乎笑得饭都喷了出来。

最后，不幸的事情还是发生了。本来我们一桌人安安静静的谁也没有招惹，就打算安安静静地吃完这顿饭赶紧闪人。可是，他们最终还是没有放过我们，我们需要根据刚刚的小品判断谁枪击了总统、谁给第一夫人下的毒、谁捅了总统，并且，以小品形式在台上演出来。

紧急的时候就显示出法国人大多数是没有什么责任感的，我们在安排小品的时候法国人自顾自地大说大笑，要求他们演什么角色他们都不演，把所有角色都推给了我们。于是，我自告奋勇地宣布我可以演第一夫人，戏份很重的！站在台上腿都要抖了。真恨为什么这次没有日本人参加，现在觉得他们还是可以做个伴的……

第二天上课，我们要分桌准备一个演示，我沉思了一下，对他们说："我来做这个演示中'our approach'的部分吧。"他们统统惊讶地看着我，因为我两天没说话了……

我沉思的过程是这样的：我觉得不能再沉沦下去，要憋死了，就算是英文我今天也要喷两句！而且，恐惧永远是进步的大敌！没有努力何来成功！我要让我的小宇宙克服我的恐惧，走上台去大讲英文！

我选择的部分是最难的，需要的信息最多而且比较复杂。然后，这次的演示是录像的，录完之后当天就看，供大家品头论足。多么具有挑战的一个项目啊！对着摄像机，我对老师说："我能用中文说么？"这句话是真心的。老师和同学们哇哈哈一阵大笑，然后对我讲："哇！原来中国人也是这么幽默的！"……

之后，我看自己的那段录像，嗯，发型还不错，脸型也还可以，就是眼白比较大,其他没什么毛病。老师和同学们很诚恳地表扬了我的英文,老师厚道地说:你应该多些自信,你比日本人、印度人的发音好多了……

晚上我和几个中国同事打车去了最近的购物中心吃饭,踏踏实实吃了一顿正宗的美国麦当劳,没人表演小品,没人被枪杀,没人被毒死……我们一直在谈论本次参加培训的男生。同事说:"我们不应该在背后议论人家!"我说:"你放心,他们也在背后议论女生,所以甭客气,不然我们该吃亏了。"

培训课程极大地挫伤了我说英文的积极性,两周之后我就逃似的回了中国。但从这个课程中我总结出,讲英文其实并不难,如果不是上台讲,我和美国同事的沟通完全无障碍,但一到台上我就开始担心自己发音不准、语法错误、时态不分等问题,精神完全无法集中,自然也说不好英文。精神不集中,就算说中文也会结巴的。

有人对于学英文很不屑,但在外企打工,英文真的非常重要,不仅是面对外国客户,面对外国老板也同样需要用英文。仔细回想自己的历届老板,没有一个是英文不好的。Susan 的英文其实不好,但她专业方面的水准已经完全弥补了英文上的不足,她有各种从业证书,她还是各种中国的委员会的顾问专家。Susan 曾经对我和马文说过:"英文对于我而言已经没有那么重要了,但对于你们而言,如果你们想在外企走得更远,学好英文是必须的。"

晴天大霹雳

那年的六月,我听说在 Susan 的大力阻挠下,我没能获得高级经理的升职。按理说,我本来也没到高级经理的年头,但是我发现上海的同事都 Double Jump(跳级)了,我却没有。据可靠消息,是 Susan 坚决反对。我没有太难过,因为有什么样的付出就应该有什么样的回报。我这么每天混日子,理当不能升职吧。

我虽然对 Susan 很惧怕,但是我从来没有憎恨过她,她是一个对工作全心全意的人,这样的人在某些领域是值得尊敬的。我其实对于自己的付出非常有自知之明,到新公司这两年,我很清楚自己工作没有以前那么尽心尽力了,每个人似乎都有职业的倦怠期,需要一个事件或者一个意外来重新反省自己的职业发展。没想到我的意外很快就来了。

优哉游哉的好日子没过几天,突然 Simon 说让我和他一起开个会,在天津。说这话的时候他的表情有点诡异,我就琢磨着应该背后有故事。

果然,到了天津,Simon 请我吃饭,突然间对我说:"Vicky,我要走了。"我心里吃了一惊，知道会是个坏消息，但也没想到竟然坏得这么出奇。Simon 可以说是在这家公司里一手把我带大的，现在他竟然要走了，我非常不理解。Simon 边平静地吃着东西边对我说："对于我而言，我需要有更好的职业发展，所以我选择离开。目前我没有能力带你们走，我觉得很抱歉，你还是要在 T 公司好好干的。"我虽然嘴上答应着，但是心里已经琢磨开了，谁会接替他做北京的头儿呢？

其实在 Simon 对我提到离开的时候，我已经在深切地思考自己的职业规划了。我认为我最近一段时间真的是太懒散了，做一份非常简单的报告都会错误不断，完全不能集中精力。我也开始觉得自己不太适合干这么专业精细的活儿。

从天津回来之后，我在办公室里工作，看到 Susan 来了北京，关起门来在和 Simon 谈话。Simon 让我帮忙修改一份合同。第一次修改，我送给 Simon 看，被 Simon 挑出了错误；第二次修改，我送给 Simon 看，又被 Simon 挑出了错误。连续四次反复，Simon 都快崩溃了。终于他把我叫进了办公室，他和 Susan 坐在一张大桌子的后面，Susan 嘴角微笑着，有点轻蔑地看着我。

Simon 对我说："Vicky，你知不知道你最近的工作总是出错？"我木然地点点头。Susan 仍旧有点轻蔑地笑着，她大概很愿意看到我和 Simon 这样反目成仇吧。Simon 继续问："为什么会这样呢？你以前不是这样的。"我没有说话，因为没什么好说的，我最近就是工作懒散没有激情，所以出错是必然的，而在这种时候，解释是没有意义的。Simon 反复问了几次，我都没有给出他满意的答复，只是面无表情的摇头或者点头。我想他当时应该非常失望。

他跟我说了很多，关于工作关于责任感关于专业态度，Susan 在旁边一语不发。在听 Simon 讲话的这段时间,其实我自己也在不断反省,我认为自己的这种懒散已经到头了,不能再继续懒散下去,否则就是在拿自己的职业生涯开玩笑。我思考的过程很迅速,当我从 Simon 的办公室里出来的时候,我已经决定做一个焕然一新的专业人士。

当天晚上,我收到公司总部发来的邮件,里面说,Susan 会接替 Simon 作为北京分公司的领导。

开始涅槃了

Susan 入主北京之后，所有人都认为我的位子岌岌可危，连我自己都这么想。但是我并不太紧张，该来的总是要来的。我一直用"尽人事知天命"这种态度来看待周围的事，既然我已经认识到了之前的懒散，那之后的日子可以用全新的工作态度来证明。不确定的只是，Susan 会不会给我证明的机会。

那时正好有一个萨班斯法案的项目需要我们去投标，很让我意外的是，Susan 选择了我作为她投标的帮手，她要求我不仅负责准备投标的文件，还要负责讲标。

Susan 这个人，是一个有着非常凌人气势的女人，那种凌人的气势并不会一上来就给你压迫感，甚至反而给人温文尔雅的感觉，但是绝对会让你认为"她说的就是对的"。我和马文最怕的就是 Susan 在 MSN 上给我们发一个普通的笑脸，因为我们会绞尽脑汁去揣测这个笑脸背后的含义。例如，Susan 在 MSN 上问我："某某项目的报告，你准备什么时候交？"我回答："我明天下班前给您行吗？"这时 Susan 一个笑脸扔过来,再没有其他话,你也不知道这个时间是行还是不行。于是我就要痛苦地判断,这个笑脸到底是什么意思,而往往最终的结果是,一切需要往最坏的方向打算,也就是,我得今天把报告发给她。其实后来和Susan比较熟了,我和马文曾经直接问过她:"您那个笑脸到底表示什么啊?"她只是轻轻一笑回答:"通常都没什么意思。"我很怀疑这个答案的真实性。

和Susan一起去投这个标,我的压力很大。我非常努力地去准备了标书文件。和往常不同,我没有直接拿其他萨班斯法案合规项目的文件来抄,而是很认真地研究了客户目前的情况,包括管理基础、高级管理层背景、组织结构、业务板块等,按照我对客户需求的理解自己亲自写了一份标书文件,从头到尾检查了一遍错别字,一直搞到夜里十一点多才发给Susan。很久没有这么努力工作过了,我自己都对自己做出来的东西有些怀疑。

Susan看到这份文件之后没有提出太多意见,让我按照自己的思路去准备讲标。

讲标那天我很紧张,而这个客户让人更加紧张。这是一家管理很严格的客户,老总是军人出身,要求在公司里面行走的员工必须两人成行三人成列,不许随便交谈,因此培养出许多许三多来。公司因此风气很正,老总带头每天骑车上下班。

那天下午去开会,会议室里坐了三十多人,老总气宇轩昂神情严肃地进来后就点燃了一支烟,像主席一样端坐在位子上,所有人大气都不敢出。老总看着我和Susan说:"你们公司的人怎么眼睛都这么大?!"气如洪钟,完全听不出来这是嘉许还是指责,我只能紧张地笑了一下,不方便接下茬。随即我开始讲标,首先介绍了一下来开会的人,包括我和 Susan。老总立刻打断我，对我们说："我也给你们介绍一下我们配合这个项目的团队！"然后开始一一介绍团队成员，到一个女生的时候，该女生迅速站起来点了一下头就坐下了，老总回头看她的时候她刚好坐下。于是老总愤怒地拍案而起大声断喝："人家来我们公司做客，介绍到你你怎么连招呼都不打？"于是女生只能红着脸赶紧又站起来了一次。我和 Susan 企图替她辩解一下，但是都被老总凌厉的眼神打压下去了。

然后我又继续讲我们的标书。讲到一半，有个女客户感觉会议室里很热，就站起身把空调关了，并且企图把门打开。这个行为引起了老总的注意，他呵斥了一声："开半扇门就可以了！"这句话震耳欲聋，显然把女客户给吓着了，头脑神经暂时性短路，整个人乱作一团，完全忘记了自己行为的初衷是什么，一伸手，把灯给关了。这个动作非常令人匪夷所思，因为会议室里一下子一片漆黑。

老总更加生气了，不解地问她："我说你关灯干吗？！开着开着！"于是女客户又赶紧手忙脚乱去开灯，并且还把刚刚开了半扇的门的另外半扇也打开了。这显然不符合老总的指示，因为老总说了：开半扇门就可以了。

在连续几声吼叫之后，世界终于消停了。灯开着、空调关着、门开了半扇，很好很好。大家都舒了一口气，女客户呆坐在位子上，整个人七零八落，好像被摄魂怪刚刚侵袭过。

我擦了擦额头上的汗，紧张的神经也稍微松弛了一点。

讲标结束后，Susan 和我站在台阶上等车，她看着我问："Vicky,你觉得 Simon 离开对北京的影响大吗？"我回答："影响当然是有的，但也没有到溃不成军的地步，大家都还在做自己的事情，只是换了一个老板。您和 Simon 的风格不一样，我们需要适应一下。"Susan 听后若有所思地点了点头。

这个客户后来很顺利地拿下来了，也是我和 Susan 合作的第一个项目。项目本身并不难，而 Susan 事事亲力亲为，非常认真地审阅工作底稿、报告，并且主动和我一起同客户沟通。在这个过程中，她不遗余力地教我应当怎样提高自己的审阅技能，怎样说服客户听取我们的意见以及如何同国企客户搞好关系。

我们之间的关系非常坦诚，在一次内部讨论中，我很坦率地表达了我之前对她当北京分公司领导的担心，而她也告诉我，她确实认为我性格中有很懒散和狡猾的一面，她的原话是："Vicky，每个人都有小坏的，关键在于自己是否能把自己邪恶的那一面压制住，把聪明才智运用到正确的方面。你更喜欢自己的生活充满娱乐，那没有问题，但如果你想保持自己生活的娱乐性，就要考虑是否应先保住这份工作。"

我想她真是说得太对了，直指我的内心。正是这份工作让我有了一定的财富能去过我想过的生活，而我的生活，其实已经和我的工作分不开了。

同事马文

马文是和我关系非常好的一个同事，我转到咨询公司之后，很多项目是和他一起做的。他外表看起来非常羸弱，长相英俊，瘦瘦小小，用他的话说："我有时候躺在床上，会觉得自己就是一副骷髅。"

不过这副骷髅有超强的咀嚼肌，他吃饭的时候，需要嚼二十八下才会把嘴里的食物咽下去，他说这样对身体好。我曾经也试过，但是嚼到十下的时候，就发现嘴里已经什么都没有了。所以马文吃饭很慢，这点让 Susan 非常不满，因为 Susan 吃饭很快。每次 Susan 和我们一起跟客户吃饭，都很早就吃完了，然后就在那里坐立不安地等马文。马文自己其实也很着急，头一口饭还没有咽，第二口菜已经塞进去了，两个腮帮子鼓得跟青蛙一样。

有一天，我有一双美丽的高跟鞋在公司神秘地失踪了。我一直秉承着"有困难找民警，丢了东西找马文"的做事原则，因为同事马文的座位就在我的旁边，我很多文具的失踪后来证明都与马文有关。于是，在遍寻不着我的高跟鞋之后，我缓缓地把头扭向马文，问："马文，你看到我的高跟鞋了吗？"

马文的眼神躲闪游移，一看就是心里有很多不轨，我用我犀利的目光鞭笞着他的灵魂，但是他仍旧告诉我："我不知道啊。"我冷笑了一下，稳稳地说："你不知道就没人知道了，招了吧，你这个怪装癖。"我左边位子的同事 Amanda 听到之后赶紧把头凑过来说："报告，我昨晚上看到马文穿着你的高跟鞋回家。"靠，不起哄你会死啊？

有段时间马文的 MSN 名称叫做"左眼微笑，右眼离伤"，好无聊的一个名字啊。马文的名字起源于一本小说，他很喜欢这本小说，看得眼泪汪汪。如果他能用看这本书的十分之一的能源去看《Winning》（《赢》），现在早就是赢家大拿了。马文强烈推荐此书，我则强烈表示不看。马文特喜欢慕容雪村范儿的作品，我以前也爱看，但是没有一本看了之后心里不堵的，所以不看了。但是马文曾经告诉我说："我就喜欢那种特别哀怨的，看完之后心里像堵了一块石头一样，可爽了。"

不过我还是打开了链接，第一段之后，我就倒地不起了："暮色森林，河边，年轻的精灵牧师从容优雅地杀怪。轻轻念动咒语，金色的光芒在指间流淌。开盾，上痛，神圣惩击……蜘蛛应声倒地。坐下，喝水休息，继续下一个目标。这是个谨慎又不贪心的牧师，任卡，我给她起的名字。"OK，停，我完全不知道在讲咩也。

马文鼓励我继续看，说看下去我就能懂了。我当然没有看，因为是讲网络游戏的事情，跟我的生活离得太远，男主角和女主角最终也没能好上，甚至没有见过面！马文伤感地说："那男孩儿对女孩儿太好了，女主角的男朋友真不是东西！但是我觉得，他俩肯定视频过。"马文这孩子，一看就没有网恋过。老娘一九九八年开始上网，网恋的事儿问我啊，看什么小说啊。

马文很喜欢打游戏，有段时间，我在打 NDSL 的《最终幻想战略版——封穴的魔法书》。我知道很多人会觉得这个游戏很幼稚，但是对于我而言，实在太有趣了……

马文也在打这个游戏，他是步我的后尘，因为在公司里，他在工作时间实在找不到一个同事聊聊游戏的事情，只有我，在打 NDSL，所以他只能放下家里的 XBOX、PSII、PSP，打起了 NDSL。马文果然是个游戏专家，虽然他仅仅打了很短的时间，但是已经传输给我了很多技巧，例如如何转职为幻术师，如何打死幽灵等。当他得知我一直在没有用任何技巧地胡乱打时，都被我勇猛的精神震惊了。

我发现，男生打游戏好认真的。比如，幻术师在游戏里可以一击之后给所有对手伤害（一般身份的人只能给特定的对手伤害），于是，我用幻术师就是简单地给所有对手伤害。而马文告诉我：

"你应该这么做：带一个幻术师，旁边配一个士兵，你先培养幻术师的'濒死再动'技能，然后让你的士兵把幻术师快打到濒死状态（幻术师也是我的人，我要自己人打自己人先）的时候，你使用幻术师给所有对手一击，然后让士兵给他打到濒死状态，立刻再动，就又可以给所有对手濒死一击了，然后你再使用高级回复药恢复幻术师的状态。"

我听过之后反应了很久，才明白是怎么回事。可是我完全不想这么干，太费脑子了。我就是简单地让我的游戏主角冲上去打，完全没有想过还要运用到什么策略。

还有件事我觉得很逗。马文特别喜欢打网游，有一个大 ID 一个小 ID。我其实也不太明白这是什么意思，大概知道大 ID 就是级别特别高，打谁都跟白玩儿一样，而小 ID 就是随便玩玩用的，级别比较低经常被人打。

有天马文觉得日子过得很没劲,就登录了小ID上去玩两把。结果刚登录,就被人给杀了。马文于是很沮丧,又重新登录,又让人给杀了,而且还是上次那个ID叫什么"失落的太阳"之类的,我记不清了。马文反复登录几次,发现"失落的太阳"专门等着他,而他的小ID级别又不行,老打不过人家。玩了一个小时,净登录了。

于是马文急了,偷偷登录了大ID,他的大ID据说很牛B,能骑个大鸟儿。"失落的太阳"刚一出现正要手刃小ID,马文就立刻用大ID把他灭了。"失落的太阳"重新登录,马文的大ID又把他灭了。后来"失落的太阳"看到马文的大ID就跑,可是由于马文骑着大鸟儿所以飞得很快,那人老也跑不掉。马文就骑着大鸟儿在树后面专门等着他上来。

"失落的太阳"不是傻子,人家玩不过不玩了。马文于是骑着大鸟儿四处找,终于在另外一个地方找到了他,那个地方好像他的大ID过不去。于是马文又化身成了其他人,跟"失落的太阳"的密语:"那边好玩,咱们去那边儿玩吧。""失落的太阳"再次受骗,又一次登陆,刚上线,马文又骑着大鸟儿来了!本来他打算玩一个小时的游戏,结果做完这所有事情已经凌晨一点钟了,而"失落的太阳"至今也没有再上线。

我听了他讲的这件事,想到马文骑着大鸟儿的样子,笑了半天。

开会也可以很可乐

我经常要开会,不过马文比我还经常。他总是两手空空神色委靡地就来了,那是他刚开完会;过一会儿你又会看到他两手空空神色委靡地走了,那是他去开会了;还有时他眼神空洞神色委靡地讲电话讲个不停,那就是他在开电话会议。我觉得,马文的小宇宙可能快被他超强的咀嚼肌咀嚼掉了。

上次的讲标成功极大激发了我的工作积极性,Susan 也一直在鼓励我多多做这种尝试,那个项目正式开始做,我和马文一起去开会。

开会地点在青岛汇泉王朝大酒店,比较难记的一个名字,尤其是"汇泉"两个字,不太顺口,于是马文总也记不住。在他问我第三次的时候,我说:"你自己想,想出来我告诉你对不对,否则记忆不深刻。"于是马文开始冥思苦想,突然一转身,瞪着眼睛激动地对我说:"汇天!"我很遗憾地摇摇头:"不对,请继续。"马文就又陷入了深深的思索中。

一分钟不到,他激动地一转身,用手指着我大声地说:"汇天?!"

然后我就彻底无语了……脑残，已确诊。

还是这个客户，给我们使用的办公室似乎荒废了很久，屋里只有三张桌子三把椅子和一个台灯。由于没有窗户，所以非常阴暗，就算把灯打开也还是觉得很暗，是个闹鬼的好场所。于是我们对客户的小姑娘说："太暗了，需要多些灯。"客户的小姑娘很可爱，拍着胸脯保证一定尽快解决这个问题。

我和老板说了会儿话，然后就出门上厕所，回来一进门，发现同事们严肃地坐在位子上已经开始工作，昏暗的台灯旁竟赫然挺立了一个高两米的大探照灯，犀利的黄光照在我们的桌子上，正对我，刚好让同事们的脸都淹没在了阴影里。坐在椅子上，我欲火焚身地想说出两个字：我招。

我们中午吃饭，由于去晚了十分钟，所以荤菜和米饭都没有了，只有黄瓜、豆皮、菜花和馒头。我看到菜花炒得非常可人，而且它让我想起了一个叫"菜花"的好朋友，怀揣着对好友的思念，我对大师傅说："多给点菜花。"我拿着勺子心满意足地舀了一大勺菜花就着馒头送进嘴里。嚼！给我咸的，差点变了盐巴虎儿飞出去。

晚上我不得已又向同事们吹嘘自己吃了五只四两的大闸蟹，一个菲律宾同事说："你们是吃公蟹、母蟹还是人妖蟹呢？"这个菲律宾青年总是问一些不着四六的问题。我回答："什么叫人妖蟹？我没听过。"同事说："在泰国和菲律宾，我们都是吃人妖蟹的，就是半公半母。"我不禁慨叹：真是一方水土养一方蟹啊。

又是中午和同事吃饭，我先把排骨都吃掉了，然后很无聊地坐着。午饭有大螃蟹腿，但是做得太咸了，我一只都没有吃下去，吃过后还不停地咳嗽。于是我只能又要了一份排骨，并且和同事们认真地讨论起字宙间的万物。要说物理方面的基本知识，我是有的，只是有时候我的想象完全超越了知识的范围。

比如，我讲到一个潜水员说：在海下一百零七米的地方，海水不再是清澈的，而是由于压力原因变成了黏稠的液体。我对于这个事实很感兴趣，并且畅想，一百零七米已经是黏稠的液体，那么深达一万多米的海沟下面，一定由于压力原因变成固体了。当我把我的推论讲出来的时候，上海来的同事笑到桌子底下去了。

我很奇怪他为什么会笑成那个样子，他笑得泣不成声地对我说："你物理算是学过哦？水的固体就是冰了，难道说一万多米的海沟下面是冰啊？！你可以的你可以的。"我很不服气，谁也没去过那么深的地方，凭啥不能海阔天空地想象一下呢？我刚要跟他讨论，却发现他的眼镜都笑湿了。

后来，我们还探讨了外星人的情况。我说："人类的想象太匮乏了，我们想象的外星人总是跟我们一样的，只是丑一点或者哪里长一点短一点，总能找到和地球上相似的生物，可是外星人有可能是完全不能想象的样子，可能只是通过意识存在像气体一样，或者……"我一敲手里的盘子说："这个盘子就是外星人呢！"话音未落，同事又不见了，笑得在食堂地上打滚儿呢。笑点真是低啊，一点也不热爱科学。

下午上海同事突然诡异地出现在 MSN 上，对我说："你有没有觉得，冰水比热水黏稠一点？"我回答："没有，但是我觉得你比盘子更像外星人。"

工作缺乏激情,世界将会怎样

无论咨询还是审计,工作都是异常繁忙的,但我很反对的一点是,总有人把自己个人生活的无趣全部归结于工作太忙。我听到别人说什么"哎呀,我现在工作忙得,连听歌喝水的时间都没有"的时候,我内心就会大喊一声:"我呸!"

作为一个专业人士,当然个人生活中的很多事情需要给工作让路。为了工作,我可以不去参加饭局;为了工作,我可以推迟旅行;为了工作,我可以取消休假。但我坚持认为这些都是暂时的,是个案,十几年职业生涯下来,我始终认为再忙的人也能抽出时间来干些自己的事情,例如陪陪家人、约约朋友、看看电影之类。声称自己长时间忙得连听歌喝水的时间都没有的,更加是瞎扯淡。

生活完全在于自己的选择,你想选择什么样的生活,就会有什么样的生活。

我虽然是巨蟹座,但似乎有双子座的特征,喜欢把生活和工作完全隔离开来。上班时间,我可以衣冠楚楚不苟言笑,但是下班,我绝对要做回自己。所谓做回自己，就是穿各种上班不许穿的衣服、买自己喜欢的鞋、看自己喜欢的电影、约自己喜欢的朋友、写自己喜欢的文章。一份工作而已，不能为此失去自我。

上班时候的穿着也是这样，虽然需要符合公司规定，但是也不能没有自己的风格。

我最害怕自己穿得跟"三八红旗手"似的，因为职业装有时候很难穿出彩儿来。于是我尽量在鞋上做文章。认识我的人都知道我是个"鞋控"，没事儿就出门买鞋。因为虽然上班时要求穿正装鞋，前不露脚趾后不露脚跟，但是没人说鞋跟不能太高啊。于是妖艳的高跟鞋可以让平凡的黑色正装有那么一点点的妖孽气质。

夏季在办公室的衣服其实比较好搭配，实在不爱穿正装就拎件连衣裙配个西服上衣，办公室里放双工作鞋，到了公司再换上。下班的时候把西服上衣一脱，夹脚拖鞋替换工作鞋，随意逛街或者约人吃饭都合适。

冬天就不行了，因为没有百搭的连衣裙穿。冬天的办公室很暖和，而外面则很寒冷，很多人穿着棉裤挤地铁，到了公司之后呼呼出大汗，这点很要不得。我有个同事非常逗，竟然穿着滑雪裤上班。滑雪裤一般都很花，粉粉的一大坨，走在路上当个路人甲都挺让人侧目的。当然，她到了公司就把滑雪裤换下来，否则老板看到会直接勒令回家换装。

我一般采用的方法是：忍。好在不总是在路上走着，我会在正装外面裹一件厚厚的大衣，戴上大围脖，尽量闯过最寒冷的户外阶段，到了公司就把厚大衣脱掉，里面是适合办公室温度的衣服。

秋冬季最百搭的职业装我觉得是高领紧身毛衣，白色、灰色、藏蓝色、黑色都可以，质地一定要好，羊毛或者羊绒。可不是那种松松垮垮的毛衣，是紧身的，穿在西服里，又暖和又好看，下面搭配西装裤、铅笔裙都好看，热的时候可以把西服外套脱掉，里面曲线毕露又不失优雅，啧啧，如果是长头发再把头发盘起来，就更加赞了。

我不喜欢穿正装裙配靴子，看起来不伦不类，而且靴子其实很容易暴露腿部弱点，也很难挑到又低调又好看的样式和颜色。因此即便是冬天，我还是用裙子搭配高跟船鞋，所以有双不厚但暖和的天鹅绒长筒袜至关重要。不过还是不建议冬天长期穿裙子，毕竟会冻到膝盖。

每次精神不振就会看时装片，前几天看《穿 Prada 的女魔头》，觉得里面的穿着其实也完全可以在写字楼里穿，只是会因为版型太好或者颜色不是黑白灰而遭人侧目。不过如果我能有所选择，我会毫不犹豫地选安妮·海瑟薇在电影中的那些裙子、大衣和高跟鞋来填满我一个普通职业女性的衣柜。

时尚杂志其实是励志的好杂志，有时候上班的心情比上坟都沉重，我就在星巴克看时尚杂志，之后就觉得还是上班好：一、只有上班才能有钱买那么好看的衣服、鞋、包及化妆品；二、只有上班才有人看我穿那么好看的鞋及衣服。

Susan 曾经对我说："你总是把工作看做工作，不夹杂个人情感，这也许是一件好事，但同时，也体现了你对工作缺乏激情。"说得很对，因为我工作的时候从来都是面无表情的。不过在特别忙碌和焦躁的时候，也会呈现出咬牙切齿的表情来。

各种委员会

在一次公司经理的例会中，Susan提出要组建公司委员会，选举学习委员、娱乐委员、生活委员等。女同志当领导，就会有很多男同志无法理解的奇思妙想出来。

学习委员主要负责组织大家学习新的工作模型、工作方法、与工作相关的各种法规等，通过各种方式做到知识共享。马文承担了学习委员的职责，他接下来的工作就是每两个星期组织一次培训。

生活委员负责一些具体的行政事项，例如人员管理。我们这种专业公司和普通企业在人员的利用上有很大区别。普通企业有明确的分工，例如销售、市场、财务等，每个普通员工上面都会有部门主管或者经理。而我们的主要工作就是提供专业服务，所以我们是以客户为单位进行管理，服务于这个客户的团队就由这个客户的负责项目经理管。所以小朋友们的上司不是固定的，做哪个客户的项目就跟哪个项目经理。这样就会衍生出许多行政问题，例如：绩效考核应该由几个项目经理共同针对一个员工打分、不同项目都要用同一个员工时如何安排、某一个员工在工作中遇到问题应该与谁沟通,等等。生活委员就负责管理这些问题,给低级别的员工安排导师(我们叫做 Mentor 或者 Consoler),用以指导新员工的工作,解答他们的疑惑。

娱乐委员,顾名思义,就是负责组织大家的娱乐活动。有些人觉得,在公司里安插这么一个职位是很好笑的,其实一点也不好笑,而是很严肃。大家工作很辛苦,总会有很多抱怨,抱怨公司、抱怨客户、抱怨同事,这都是正常的。如果没有一个大家一起聚会的机会,这种抱怨逐渐就会变成很大的负面能量,也会使员工觉得自己就是工作的机器,没有任何归属感。

娱乐委员的职责就是把大家聚到一起,抛开工作的事情不谈,只谈怎么玩。同事们毕竟都是年轻人,在工作中难免有磕碰,没有什么事情能导致老死不相往来。开个玩笑、一起唱首歌、打羽毛球时站一边,都可以化解这些矛盾。在不大的公司里是很有效的培养公司氛围的方式。

当说到娱乐委员提名的时候,大家一致把殷切的目光投向了我,于是我不辞辛苦地承担了这个重任,从今往后,我就可以名正言顺地去餐厅试吃、娱乐场所试玩了,我组织所有这些起不早但贪得黑的"爬梯",其实都是为了把娱乐委员当好。

从周一开始,我将率先带领大家做课间操,每天上午十点、下午三点半,我会吆喝全公司的同事一起和我进行肩颈腰以及眼球的锻炼,真是太有才了。我这个委员,是没有活动经费的,但是如果我们能够从公司日常开支中节衣缩食一些,也许就能够挤出点儿活动经费出来。因此我正在号召全公司同事开展"拿别人公司的打印纸,省出自己吃饭的钱"的大型办公室公益活动,凡是去其他办公室办公的同事,我都鼓励他们拿一包打印纸回来。积少成多,这就是团结的力量啊!

当然，我的想法遭到了 Susan 的打压，但是没关系，我不气馁，很多民族英雄在刚一开始的时候，都是不被人理解的。

预算有限，不能组织过于庞大的活动，但也不能总是小模儿小趣儿，因此羽毛球如果打了三次，那么就该轮到一次去郊外郊游。如果真的有超过预算的活动，还要去和大家商量是否每个人愿意自己负担一部分。往往这个时候大家不会有怨言，毕竟聚在一起开心才重要。

而且还要敏感地注意着市面上的娱乐活动更新，如果有好看的、大家都感兴趣的电影或者话剧，那么可以组织大家去看。当然啦，虽然我是主席，但并不是一个人在战斗。我领导了一批有组织、有觉悟、有想法、有激情的年轻人来具体操作这些事。我主要负责的是，游说公司高层尽量少参加这些活动，一来还要占到我们的预算，二来有老板在小朋友们是不会玩得尽兴的。

我组织了第一次公司活动：来我家玩 UNO 牌和杀人游戏。本来地点是订在另外一个同事家的，但是我听说她家什么都没有，连最普通的零食都没有。（生活质量！注意生活质量啊！）于是我号召大家来我家。有个男同事嫌远，我诱惑他："远是有点远，但是我家有 Xbox360，42 寸等离子显示屏，还有沙滩奶排游戏哟。"他听后愤然撂下筷子说："那还讨论什么！当然是去你家了！谁嫌远我剁了谁的手指头！"

这次活动组织得很成功，同事们喝光了我家所有的水，以及吃光了所有外卖的潮好味点心。看着同事们远去的背影，我满意地点点头。多么成功的聚会啊，娱乐委员任重而道远，但是我一定可以把这条路光荣地走下去。

说闲话

　　T 公司组织的年会都很好，在泰国、澳门、丽江都组织过。地方很好，就是时间比较紧，无论出多远的门都是三天就要回来。其中一天被开会占用，一天在路上，只剩下一天能玩一玩。

　　澳门年会的时候，我没有跟着大家去赌场赌钱，因为我有人送绰号"杨不赌"——主要是逢赌必输。在 Susan 的建议下，我们去赌场里喝免费饮料。喝饮料的时候，我的心情很愉快，因为是 Susan 请客，我一直在扯东扯西。直到 Susan 突然语重心长地对我说："你知道吗，有同事反应你在公司里拉帮结派建立小团体，像黑社会头头一样。"

　　我嘴里叼着吸管瞪大了眼睛沉吟了几秒，干巴巴说出一句："不会吧？！"我真是太吃惊了，虽然我很喜欢背地里说人家坏话以及拉帮结派出去吃饭，但是从来没觉得自己像是个黑社会头头啊。不过我喜欢说话不过脑子，并且对很多善意的提醒报以无所谓的态度，为此得罪了很多人；而如果我看谁不顺眼，那直接拉出来毙了，所有人都能看出来我对这个人有意见。

我的这种性格，真的只能在专业公司这种相对单纯的地方存活，去那些讲究精明算计的企业，估计不到一个月就被算计了。一个人在工作中，是注定不能被所有人认可的，那么只要有一群真心相待的同事朋友，就足够了。

曾经的我还期待着被所有人喜欢，总是面临着各种妥协，和自己不喜欢，或者不喜欢自己的人努力搞好关系。但后来我发现，这是很痛苦的一件事，对别人卑躬屈膝或者强颜欢笑不仅仅无法使自己被所有人喜欢，还会让自己都厌恶起自己来。于是我才决定，走自己的路，让别人说去吧。

但是我万万没想到竟然在T公司里有人这么说我，要说小团体么，不知道马文算不算，我也就和他多说了两句话，可是就他那个皮包骨头的样儿，真不算是帮派。我震惊了几秒之后立刻恢复了无所谓的态度。因为传闲话的人一定是不喜欢我的，那我一定也不喜欢他／她，既然如此，那大家可以互相说互相的坏话，没啥大不了的。

我没有什么在公司里尔虞我诈的经验，不过我知道怎么能平衡心态。越是级别高，说闲话的人越多，当听不见就行了，千万别往心里去。我本人就是个爱说闲话、爱扯八卦的人，这点很不好，是我需要检讨的，我心里非常清楚。所以当别人说我闲话的时候，我就会告诉自己，别人的闲话说说就结束了，自己在工作上越做得好，说闲话的人其实会越生气。因此把愤怒的劲儿使在刀刃上更加能给人致命一击。

在工作中，不能骄傲自满，也应该拒绝任何形式的妄自菲薄。前者会使人招致更多闲话以及摔了跟头都不知道怎么摔的，而后者则会让人的气场一天天衰败下去直至最终灭亡。气场，其实是工作中非常重要的武器。锻炼气场的秘诀之一就是，在你冲锋陷阵的时候（例如讲标时刻、和老板的PK时刻等），想象自己背后有一双巨大的白色翅膀张开来，像天使一样。这是我的独门秘诀。

继续上学

大概是二〇〇七年或者二〇〇八年的时候,我在 T 公司是高级经理。随着级别增高,越来越觉得自己的知识不够用了。客户的老总动辄就是各种商学院毕业的,常常拽出个特专业的词汇来,让我自叹不如。于是 Susan 就一直旁敲侧击地跟我和马文说:"你们该回学校去充充电了啊。"

我一直没接过茬,因为我知道自己不爱学习,接这种茬没我的好果子吃。但是天有不测风云,一个晴朗的午后,我正眯着眼睛强打精神看着电脑做精神穿越的时候,Susan 突然兴奋地跑过来对我们说:"我给你们查了,某大研究生班正在招生,你们赶紧报名去。"妈呀,老板们这么日理万机的,竟然还有空照顾我们的深造问题。

于是没有办法,我只能被迫和马文一起去某大报名了管理学的研究生班,每个周末上课,这对我来说是个晴天大霹雳,因为我就指着周末睡懒觉呢,日子难道还能再艰辛一点吗?跟我的意兴阑珊相比,马文似乎非常兴致勃勃,那种兴奋简直让我想起了小时候去新学校入学时的兴奋样儿，他就差再买个新书包以及新铅笔盒了。

班主任管得很严，每天早上点一次名，下课点一次名。班里还有个类似于黑社会性质的班委会组织，纪律委员严打迟到，迟到都是要罚款的。于是我周六周日八点半就要到学校，比平时上班还早。这么做的直接后果是，我得在桌子上呼呼大睡一整天。我其实很想认真听讲的，因为十多年没有听过讲了。但是岁月刀刀催人老啊，我已经没办法斗志昂扬地学习知识了。马文也就抖了一两天的机灵，之后也选择了趴在桌子上呼呼大睡。

一个人在工作中总会发现自己的知识不够用，我刚刚大学毕业的时候，简直认为自己四年大学白上了，工作里什么都用不上，因此导致我对一切书本上的知识产生了怀疑。可咨询做了那么多年，我突然间发现，不是书本上的知识不够用，而是我们以前根本不会用。只有积累了一定工作阅历的人，才会对书本上的知识有种茅塞顿开的感觉。Susan的办公室里从来都堆满了如山的书，而且隔一段时间就换一拨。这些书往往会直指一个主题，例如金融领域、IT领域、某些模型的特殊解释等，从她读哪些书，你就能推测出最近她在工作中遇到了哪些难处，需要解决哪些问题。

平时出差坐飞机，我从来都是带本闲书在身边，利用在飞机上的几个小时好好休息一下脑子，而Susan从来都是带大部头的专业书籍，真是让我羞愧不已。我也一直在检讨自己如何能够多看些专业书多补充些知识，于是我有段时间强迫自己每天下午去星巴克买杯咖啡，带一本专业书，看半个小时。之所以我会这么做，是因为"知己知彼，百战百胜"，我太清楚自己无法端坐在办公室或者家里看专业书了，因此我选择了星巴克，一个很小资很装的地方，在这个地方看专业书能让我有种周末上课是很讨厌的事情！！！

以前的周末：
zzzzz 乙
睡到下午三点多，梦里都是飞来的大闸蟹

现在的周末：
早上七点多就出发……

然后九点准时开始睡觉

自己很高级的感觉……而且也不会内心烦躁，于是就能强迫自己多看进去两眼。无论学习或者工作，还是应该选择让自己最舒服的方式，才有事半功倍的效果。

其实在研究生班中，有些老师讲的课，在我清醒的时候还是听进去了的，比如人力资源老师讲的"八条圣经"，其中一条"人是没有自觉性的"我非常认可，同时也体现出了我所做工作的价值，值得与客户分享。跟我一个班的同学还是有很多认真听课的，我很奇怪他们怎么能有这么大的毅力，而完全不像我"春困秋乏夏打盹，睡不醒的冬三月"。

我本来以为自己是最差劲的学生了，结果发现另外一个正在四大工作的高级经理比我还过分，第一天参加了开场课之后就再也没有了踪影。到学期结束我也没搞清楚他是退学了还是一直没来上课。课程结束之后，班委们还一直在发短信组织同学聚会，我却一次也没有去过，想想挺可惜的。

最后一堂课那天老师发了一本小册子，里面有每个人的简介与照片。马文交了一张自己特别帅的照片，我让他别交这张的，因为看起来都不像本人了。果然，隔壁一个女生翻到马文那页指着帅版马文说："这人挺帅的！这人谁啊谁啊？怎么从来没见过？"马文在旁边囧到死……

每堂课结束都有考试，有些是试卷有些是论文，我努力让自己认真去考认真去写。由于我有很好的写文章的底子，所以每次写论文，字数都超出老师要求很多。之后蛋蛋帮我去拿成绩单，非常惊诧于我的优异成绩，四科九十多分，其余八十多分，我都不晓得我是怎么考出来的。

办公室有鬼

当娱乐委员会主席及周末上学这些事本来都不算是大事儿,但一和工作结合就会有点辛苦。我周末白天要上课,有时候晚上还要加班呢,苦死我了。但实话实说,只要同事们都还好,老板们都还好,加班也不是那么郁闷的。

有一次,我们需要在周一早上九点之前把文件做好送交到客户手中,快递肯定来不及,因此同事王大仙儿乘坐周日晚上十点的飞机到达客户所在的地区。周日晚上八点,我们终于做完最后的检查工作,把这几天的工作结晶交给要去赶飞机的王大仙儿之后,就像Susan说的:"我注意到你们都如释重负。"当然,除了王大仙儿以外。如果他不小心把这份文件丢掉了,那基本上他只能选择流落他乡。

其实我很久没有通宵加班了,之前四十八小时连续上班的历史,出现在遥远的安达信时代。这次加班的时候倒觉得没什么,加完班突然觉得浑身上下哪里都疼,年纪真的大了,我高价购入的雅诗兰黛高科技眼膜全白贴了。我在加班中途还出现了回光返照的现象。周五凌晨一点多，所有同事都累了，想要回家，只有我瞪着金光爆射大圆眼很兴奋地在工作。可是后来因为大家强烈要求回去睡觉，所以我只能依依不舍地离开了办公室，回家之后还瞪着眼睛在床上躺到三点。

　　加班虽然辛苦，但是也很快乐，因为没有同事因为加班而崩溃得连笑话也讲不出来。大荣同学困得都要缩成一只龙虾了，也仍旧不停地在开玩笑和讨论问题，我打算今后就管他叫大龙虾。王大仙儿作为算命的资深人士不仅在加班中途给 Susan 算了命（基本可以视为拍了一个大马屁），还用第六感感觉出我们这次工作会进行得很顺利（事实证明是错的，因为我们的工作思路在周四凌晨一点被 Susan 全盘推翻）。

　　我最怕的是一个人去上厕所，因为所有同事里只有我和 Susan 是女的。我总不好经常让 Susan 陪我去上厕所吧，所以只能一个人硬着头皮去。女厕所在晚上就会把灯全部关掉（开关在物业那里），只留两盏微弱的小灯在两个小隔间里，一共有六个小隔间。我每次进去都觉得浑身发冷，看着忽闪忽闪的微弱灯光，所有恐怖的画面都会连贯地跃入脑海中，包括突然有个头从门缝里滚进来或者突然有个头发长长的女鬼从房顶飘下来。

　　周五晚上，我喝了好多茶，憋得实在不行了，壮着胆子进了女洗手间，先把所有小隔间的门都打开，确认里面是没有人的。每打开一个小隔间，我脑子里就会蹦出一幅恐怖画面，有没牙的老太太，有淫笑着的变态狂，有披头散发的女鬼，有满脸是血的老头，还有干脆就没有头的尸体，一共六个隔间、六个画面。所以等我精心选择了一个小隔间坐进去的时候，我已经被自己吓得筋疲力尽了，还在想象着会不会有个头突然从上面掉下来。因此我以一个随时准备逃跑的姿势上完了厕所。当然，我的同事们是不知道这件事的，因为我每次从厕所仓皇逃窜之后总是迅速整理衣冠冷静地回到公司。

　　大概很多女同事都有过夜晚加班害怕遇到鬼的经历吧？每次去上洗手间都是一次艰苦卓绝的选择，不到迫不得已一定不去。我还曾经把这些经历想象成了一个办公室闹鬼的鬼故事，叫做《西海鱼生》，写出来放在了网上。这个故事我最终没有写完，因为故事里所有的场景都是公司办公室的真实写照，导致我写着写着突然觉得这些事情都是真的，快吓成神经病了，就坚决地搁了笔。

轻轻地你走了

很多公司都会开年会，有些公司把它称为"尾牙"。

一般公司的年会无论是执行董事还是刚来公司的小朋友，都被要求穿着华丽。我真的本来打算穿礼服的，后来我思考了一下，觉得周围同事绝大多数不太靠谱，我可能会成为唯一一个穿礼服而被人耻笑的人，因此穿了很保守的黑裙子。但是我周五特地给 Susan 打了一个电话："喂，您别忘了穿晚礼服啊。"Susan："啊？！真的都穿晚礼服吗？我打算穿牛仔裤耶！"我："不行啊！大家都穿晚礼服，我也穿，连马文都斥资买了唐装，您也显得太不重视了！"

在之后的一天里，我一直都在兴奋地等待看 Susan 穿晚礼服的样子。不过很可惜，她没有上当受骗，穿了很保守的衣服去参加年会，让我那天的快乐大大打了折扣。同事小海可以被评为"当晚最佳服装奖"，因为她历史性地穿了一件米黄色的贴身旗袍，很色戒、很好看，只是缺个鸽子蛋。

赢弱的马文没有穿唐装，但是他非常非常重视此次年会，当他得知年会从下午一点开始会进行到凌晨并且横跨包括看电影、吃饭、唱歌等诸多大俗活动之后，就更加兴奋得睡不着觉了。由于睡不着觉，他早上八点半就出门了，买了包括鞋子、牛仔裤、上衣、羽绒服、围巾在内的所有新行头，穿得簇新簇新的就去参加年会了。这让我想起了我小学，为了参加六一儿童节而不肯提前穿新衣服的场景。男人，果然比女人幼稚啊。

T公司的年会很简单，没有那么复杂和豪华，但是很温馨。每当到年会的时候，我就会体会到很多同事不该叫同事，而更应该叫朋友。我是公司娱乐委员会的名誉主席，因此我见证了那些组织或帮忙组织年会的同事，他们为了年会所付出的努力。

我想对他们说一声谢谢，这是我参加过的最好的一届年会，在很少预算的范围内，这已经算是完美了，而且大家都很开心。

然而也是在这一天，Susan跟我们所有人宣布，她要离开公司了。这让我非常吃惊，我已经习惯了和她一起工作的三年。她作为公司领导会突然带领着我们这些高级经理在上班时间出去喝咖啡，或者还不到午饭时间就去茶餐厅吃东西；她会亲自带领我们写标书、做头脑风暴，严格要求每一个标点符号；也会在她能够容忍的范围内允许我们上班迟到。

Susan在年会宣布离开之后，就迅速走了，完全没有给我们任何喘息的机会。有的同事觉得Susan在北京当头儿当了这么多年，怎么拍拍屁股就走了呢？我倒是很理解，Susan大概在公司里并不开心吧。和我们一起打拼的时候，她是很开心的，因为工作就是她的爱好，但是她特别不喜欢当领导，在professional firm（专业公司）里当领导，需要填写无数的表格，接个项目要无数个审批，出个小事要跟无数人解释，这些就都不是她的爱好了。

我们并没有谈论她即将要去哪里以及对自己人生的安排是什么，因为只要她觉得时机合适，是会跟我们说的。在公司里，总有人会认为，和自己关系好的同事，做什么事情都应该互相知会，例如去哪里高就啦、什么时候辞职啦、之后有什么打算啦。其实真正到了自己头上，谁也不会在辞职之前告诉大家的，因为都要给自己留条后路。辞职信没发之前什么也说不好。所以最初有同事突然别离我还挺伤感，觉得这么大的事儿怎么也不提前跟我说，后来习惯了，也理解了。

　　Susan是个很犀利的人，教会给我们很多东西，批评的时候丝毫不给面子。有个同事曾经花两个通宵设计出一张工作方案图来，我们都觉得设计得很好，给Susan看，Susan看过之后劈头盖脸就问："你这个是什么？是工作路径图还是方法论框架，还是工作模型？"我们面面相觑都傻了，因为没人知道这几样东西的区别是啥……

　　T公司的美国总部好像对于Susan的离职很郁闷，因为事实证明，她去了我们竞争对手的公司，属于"四大"之一的E公司。E公司几乎是我们常见的竞争对手之一，以前的老板Simon也去了那里。

　　其实我觉得，人各有志，既然都是有Free Will的人类，那当然有权利做出对自己最有利的选择。专业公司的高管其实都有从业竞争限制，一般在一年或者一年半内由于合同限制不可以碰之前的客户，因此即使Susan去了竞争对手的公司，在一年或者一年半之内，是不能主动接触T公司客户的，也就是一切重新开始。

　　Susan走了之后，我的工作和生活没有任何变化，像以前一样吃饭和工作。北京公司没有头儿了，我和马文还有一个叫Amanda的同事常常下午三四点悠闲地到楼下星巴克喝咖啡。我最喜欢那段咖啡时间，公司里总是有很多八卦，Susan走了之后八卦特别多，大家的八卦精神

都被煽动了起来。一到下午三四点，我就无心工作，一定要纠集群众到楼下星巴克去，坐在外面的阳伞下，买一杯摩卡，待上半个小时。

同事来了又去，而生活还是要继续。

转机与决定

公司里来了一个投标项目，竞争对手是 E 公司，我负责准备投标文件。Susan 去 E 公司没有带走任何 T 公司的员工，因为这在合同中是明确禁止的。

据说 E 公司和我要投标的客户关系是很好的，我们分析了形势之后，认为自己就是个陪标的。我个人非常憎恨这种情况，客户为了彰显招投标的公平性，明明心里已经把项目默许给了一家公司，但还非要正经八百地叫上另外三家以示公平。这种情况太讨厌了，因为每次投标几乎都要花费很多心血，即便知道是陪标，也不能随随便便出去一稿让人笑话了。

最可笑的一次投标的一家企业，向三家公司发了标书，春节前一天通知，春节之后第二天就要交稿。于是我们在春节期间一直加班，数夜奋战准备好标书。到了那家企业之后，被通知参加抽签。当时我想，估计就是抽讲标的顺序。谁知道，原来游戏规则是，抽的签里面写"中"字的单位竞标成功！这不是赶上"关帝灵签"了嘛，全凭运气！

我的情绪越来越低迷，在 T 公司五年了，从来没有这么低迷过，完全无心工作，每天上班，都觉得胸口有一口闷气出不来。我认为这和 T 公司对 Susan 的全面否定有关。几乎每次和 T 公司的领导们吃饭，他们都会说起 Susan。但是对于我，无论 Simon 也好，Susan 也好，都是良师和益友，没有他们就没有我的现在。

我开始认真思考自己是不是真的适合这份职业。

从性格上而言，绝对不适合。我是一个自由散漫的人，喜欢标新立异，但是在专业公司工作，是不需要有任何个性的，有个性的人容易逾越规则，这是大忌。所以我常常觉得自己的个性被压抑，这种感觉很难受。但同时，这又是一份适合我的工作，因为它需要与人沟通、需要创造力、需要创新精神以及需要团队合作。这是一份让人有成就感的工作，当然，前提是要真的有成就。

一个懒散的午后，我正百无聊赖地准备着和客户开会的具体事项，这个客户有点意思，是我姐姐正在工作的公司。正如大家所知，我姐是个很奇怪的人。当她知道我要去她的公司做项目的时候，反复嘱咐我，如果有人看到名片，问起我俩的关系（我们的名字只有一字之差），我一定要矢口否认。中午吃饭的时候，她远远看到我，会使一个眼色，然后假装不认识地飘过……摩羯座的我姐啊，典型的故弄玄虚。

说回那个午后，我意外地接到了 Simon 的电话——我已经很久没和他联系了——竟然是问我是否愿意过去 E 公司。这真是峰回路转，正好在我无心工作的时候，E 公司竟然抛出了橄榄枝。我分别分析了去 E 公司的优势与劣势：优势是 Susan 和 Simon 都在 E 公司，并且 E 公司比 T 公司更著名，有利于以后的职业发展，特别在我目前的状态下，换个环境对我很有好处；劣势是离开"四大"已经五年，不知道是否还能适应在"四大"的生活。

正在我接到电话思考的间隙,我收到T公司美国总部的邮件,我从高级经理的职位被升职到联席董事。这更给我的选择造成了困扰。

对于留下或者离开,我真的思考了很久。T公司最让我依依不舍的,就是那些可爱的同事。一份工作,除了赚钱养活自己以外,最重要是要做得舒服。我工作了这么多年其实还是做不到与人宽容,无法对自己不喜欢的人摆出一副笑脸。可一个个良师离开后,我越来越觉得自己无法汲取新的营养和知识。

在公司里当小朋友,身体上辛苦一些,而且时间很不自由,但可以很快乐,除了工作质量,没有其他好忧心的事情。一旦到了经理以上级别,无论多单纯的环境,也还是有残忍的竞争需要面对,这就是现实。即便在同一家公司,如果老板的心眼儿小点,那也经常会出现互相争抢的情况。在互相的争抢中,也是需要有技巧的,并不是谁声儿大谁能赢。例如,某次A接到一个电话,是一家公司要求对某一个项目报价,这个时候B跳了出来,声称这家公司他早就接触过了,并且发送了一张很长的清单列出自己接触的人,表示自己和这些人关系很好。理论上讲,大家都会觉得,那这家公司应该算在B头上了,因为B和对方已经很熟,应该由B来主导报价。

这么想就错了,因为A很聪明,邮件中只回了一句话:"真是想不到,你跟这家公司的人都这么熟了,他们竟然还会打电话给我。"这句话基本是一锤定音,完全否定了B的努力,还让B没话说。

这些事情,每个人都会看在眼里记在心里。作为一个中层干部,虽然感觉A夺人果实有点残酷,但我更加希望能有A那样聪明的老板,因为他/她的所作所为就是未来我需要学习的榜样,而只有聪明的老板，才有能力去保护自己的员工。

　　我好像每五年就有一个职业倦怠期，需要一些改变来刺激自己继续斗志昂扬地工作下去。上一次的改变是 Susan 的接任，而这次的改变，就是需要换一个环境对过去说个再见。

工作总结

1. 停止抱怨，也远离喜欢抱怨的人

这个世界不以我们个人的意志为转移，因此在工作过程中，总是有这样或者那样的事情让我们认为自己受到了不公平的待遇，这再正常不过了。于是有些人开始抱怨。抱怨一旦开始，就不会停下脚步，它会慢慢侵蚀你原本就伤痕累累的小心脏，让你越来越觉得自己可怜甚至可悲。而最终的结果是，你永远生活在抱怨里，却没有解决任何实际的问题。

我曾经写过两篇职场文章，第一篇是《活在安达信的日子》，第二篇是讲后来公司的，充满了抱怨。后来慢慢成熟，再回头看那篇文章，才知道自己原来也是那么爱抱怨的人。

举个抱怨的小例子。我有个同事很喜欢抱怨，并且把一切不欢喜都写在脸上。当老板让她做一件事时，她充满着情绪把事情做完了。老板当然看到了她的情绪，于是在年终总结时，并没有给她很好的分数。结果是，这个同事的抱怨没有改变她当时的处境或者减少她的工作量，该她干的事情她还是干了，并且其实干得还不错，但因为抱怨没能得到老板的赏识。

有很多关于抱怨的例子，抱怨所产生的负能量足以影响你身边的人，比如我。刚开始时，我和其他人一起抱怨，但后来我发现抱怨不能解决任何问题时，我就开始远离那些只会抱怨的人，因为他们影响了我原本还不错的心情。对于我而言，在事件降临时，我会先分析这件事的结果，如果结果对我不利并且可以改变，我就努力去改变；如果结果对我不利而我又无法改变，那我就努力把这个结果对我的影响降到最低，而不是抱怨。

2. 想清楚了，再行动

很多人喜欢拖沓，明明今天可以做完的事情，要拖到明天，然后加班干完。还有很多人喜欢在做事情前不思考，先干了再说。

对于前一位，他／她加班是正常的，因为在白天工作的八小时里，他／她完全没有效率（其实我有时也会这样，这就是懒惰）。而对于后一位，他／她加班也是正常的，因为他／她没有想清楚就开始工作，最终的结果一定是各种返工或者修改。

如果我需要出一份报告，我一定会先想清楚这份报告的框架以及每个框架的大体内容，而不是边做边想。这件事说起来容易，但做起来难，很多人都是思考了个大概就开始迫不及待地动笔写。我尝试过很多种工作方式，先思考清楚的工作方式是最有效的，极大降低了我返工的次数。因此这里所说的执行力是在正确方向下的执行力，而不是不管三七二十一就开始的执行力。

3．找对人，才能做对事

我有个同事，很喜欢讨论问题，在做一个决定前，会花很多时间找各种人讨论。有些人认为这是很好的作决定的方式，而事实是，她总是把时间花在与错误的人的讨论上，而这些人非但没能给她一个正确的思路，还把她原本的思路打乱了，工作一再拖延和修改，却始终不得要领。

在我讨论之前，我会找符合如下定义的人：处理此事的经验丰富的人，有相关知识或者曾经做过相关案例、对我所需要讨论的事情了解的人。符合上述定义的人相信并不多，因此我只需要找两三个人讨论就可以找到我想要的答案，而不是跟每个人倾诉我所遇到的问题。特别好笑的是，这种无目的的倾诉最后会变成抱怨。

而面对客户，找到对的人也很重要，这要分为两种情况：销售阶段和工作成果汇报阶段。

在销售阶段，有些人喜欢找客户中最高级别的人，但其实级别无所谓，找到这件事的 decision maker（决策者）最重要。有时候你找到了客户老总，老总会满口答应，但其实这件事可能根本没有到老总需要决策的级别，是由下面处室的处长决定的，那么费劲巴拉找老总就是很扯淡的事情。

在工作成果汇报阶段，要看最终的工作成果是谁想要使用。在我不同的客户里，有些成果是某个部门要用的，老总并不看重，那么部门经理的意见就尤为重要；有些客户，虽然也是某个部门用，但老总非常看重并且积极参与意见,那么在汇报前,就要先搞清楚成果是否符合老总的意愿,而且往往只要老总认可,下面部门就不会再有额外的意见出来。因此跟对的人去了解工作成果意见,才能达到事半功倍的效果。

4. 认清自己,认清赞美

我曾经共事过的一位老板,特别喜欢听赞美,却全然不知道这些赞美是真还是假。最终导致的是,他对别人对他讲的话失去了判断力,客户的一句客套话,他也会用来作为最后签合同的依据。其实很多中国企业客户,说话是很客气的,如果他说"我们会考虑一下你的价格"或者"我们觉得你们的想法很好,我们再讨论讨论",那绝对不表示这件事儿能办成,这只是大家客气来客气去的一种方式而已。

因此我一直在积极进行自我批评和自我反省,尽管我对一些同事或者老板抱有不满,但在责备他们的同时,我也会尽量反省自己在这件事上的所作所为。我不是一个很杰出的人,也不是一个有天赋的人,又不是一个爱学习的人,因此我注定有很多缺点。可有缺点没关系,如果可以改正就改正,觉得改不了(比如我的爱说闲话爱讲八卦),那么就尽量把这些缺点给自己带来的负效应降到最低(比如只对自己信任的人说闲话讲八卦)。

5. 设置一些原则,要求自己坚守

在工作中,做一个坚守原则的人总是没错的,前提当然是这些原则是正确的。我对于自己的原则包括：与客户守时，远离绯闻，不放弃个性，看人看长处，刚开始时一定要与人为善。（这一条的意思是，总会有些人与你不合，但我刚刚接触他们的时候总会抱着与人为善的态度，但我不会一味妥协，如果一开始的与人为善行不通，那么不如双方就都犀利一些来得痛快。）

工作这些年，每个人都会在不同阶段有很多总结和感悟。我只是把自己的总结和感悟与你们分享，当然不一定全都正确，因为我常常在经历过一些事之后又推翻或者提升自己的那些感悟，因此只是分享而非教导。我还在努力而平凡地工作着，相信你们当中的大多数人也是，那就让我们继续努力下去，但不一定一直平凡。

快乐的童年

　　每个人都有童年，由于父母要求严格，我曾经以为自己有个非常不快乐的童年，可是真要仔细回忆起来，却发现童年，其实没有不快乐的……

北邮大院里的趣味回忆

我的父母都是老师，大方得体、儒雅谦和，有这样一对父母，我真是觉得怎么夸都不为过。我的父亲在二十多岁大学毕业之后，从四川分配到北京邮电大学（那个时候还叫北京邮电学院）教高数，所以我从小在北邮的院子里玩耍。

北邮在没有重建之前有很多地方长满了荒草和大树，在我小小的内心里，那里就跟原始森林一样。小时候我爱把自己定位为一个落魄的公主，每天放学后都会忧伤地走在原始森林里，回忆那些并不存在的皇家情感往事。后来重建了，荒草大树全部被清除，铺上了人地砖，修起了小亭子，我立刻觉得很失落，因为连野葡萄都吃不到了。

我初中到高中一直在北邮的自习室里学习，因此我可以公平地得出结论，北邮的帅哥美女是很少的，真不愧是一所理科学校。于是那段日子，我只能专心学业实在没有什么其他事情好顾。

但是有一个人，不是北邮的可是经常在北邮出现，给我的印象很深刻。这个人总是穿一身白色的练功服在毛主席像后面的亭子里打太极

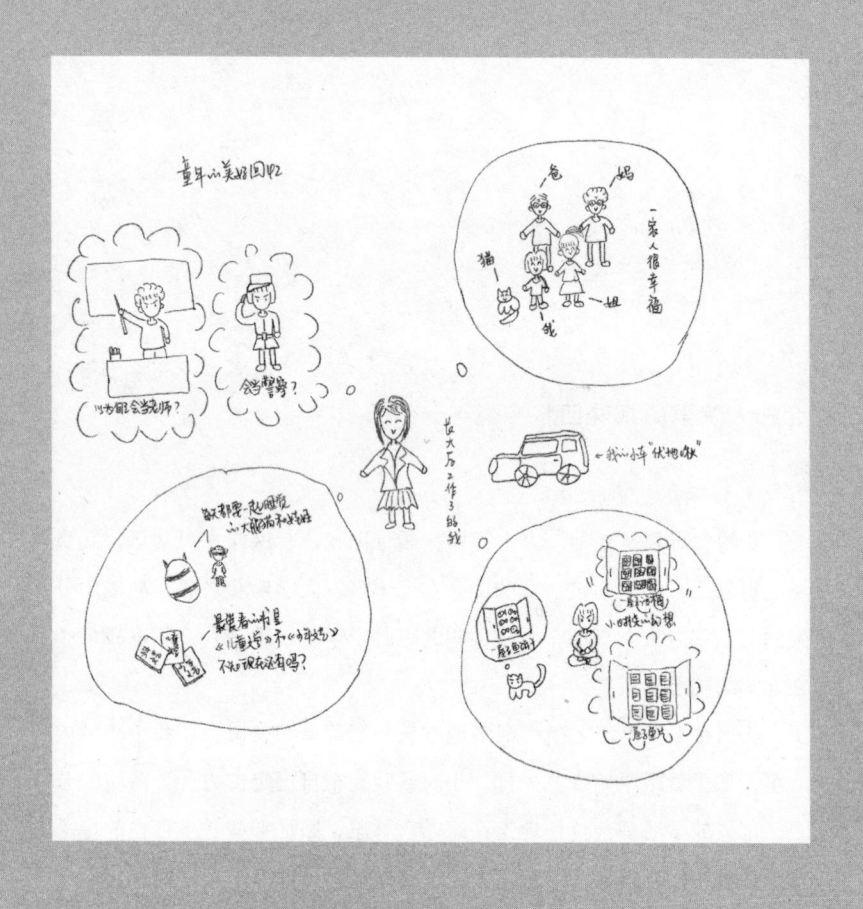

拳，太极拳打得很好，常常引来无数人围观。当然，我对打太极拳的人没什么兴趣，我认为那是一项老年人的运动，那个时候我已经常常背着我爸妈到北邮学生的舞会里去扎堆儿了。

不过有一天，我正在北邮的树林里忧伤地散步，突然听到一阵非常悠扬的笛子声。循着这清脆悠扬的声音走过去，我发现那个打太极的人正在月光下的亭子里吹笛子。那是一个夏天的夜晚，人很少，连风声都没有，我驻足听了好久，觉得只有内心纯净的人才能吹出这么好听而且让人心神宁静的笛声。

回家之后，我特地问了我爸，因为那个打太极的人在北邮院儿里还是很出名的。结果我爸说："噢，你说那个人，那人是北邮一个教师的

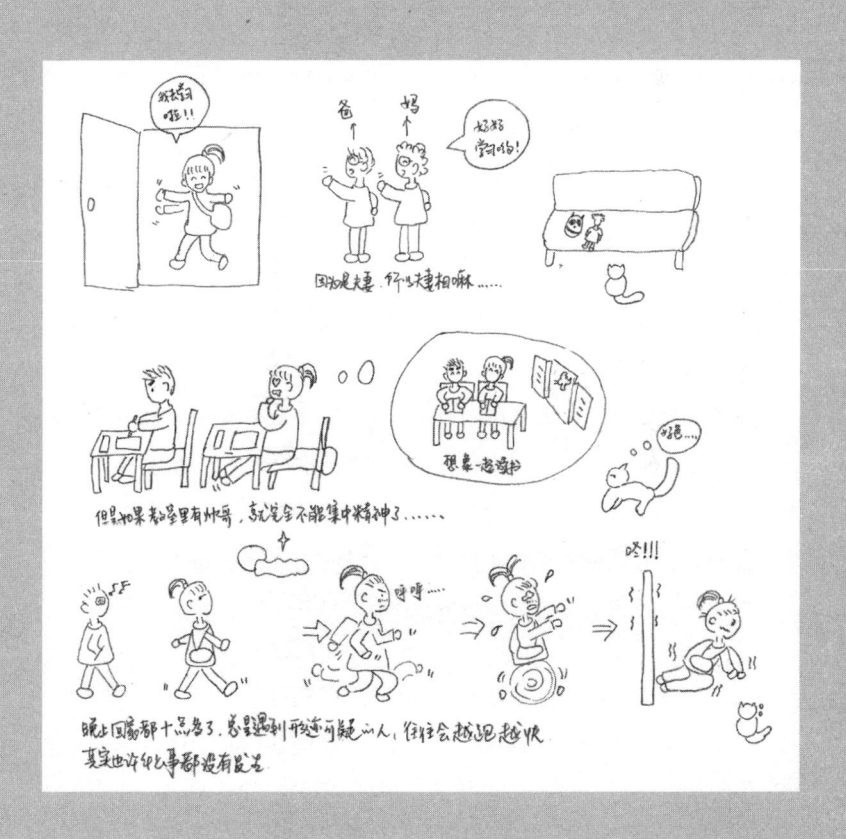

儿子,因为一些不好说的原因被北医开除了,于是精神就有点不正常,他爸爸就托了关系让他在北邮里做个旁听生。"我听了之后好吃惊,不知道在悠扬的笛声背后竟然还有一个这样的故事。

北邮那个时候有一桩悬案,让我很是怀恨在心。我长期在主楼里学习,可是突然有一天,进主楼需要学生证了,就连我爸的工作证都不管用,于是我被警卫当成闲杂人等驱赶到了旁边的侧楼学习,条件差了很多。为什么不让进了呢?因为在一个月黑风高的夜晚,主楼计算机房部分机器的内存条失窃。那时候我爸传得可邪乎了,说什么一定是高手干的,而且有好几十台的内存条都没有了。后来事实证明,只有三四台机器失窃。

在北邮学习的那段时间是很有意思的,还有好多事情,比如常常有学生隔着窗子冲我做鬼脸,比如我姐经常带着我约了附近的小痞子逛小月河,比如我在小月河溜达的时候常常碰到流氓等,导致我给蛋蛋讲述小月河的故事讲了两个小时。

蛋蛋好像完全没有有意思的童年,他唯一能想起来的就是小时候上幼儿园扔女小朋友石子儿的事情,那个时候的男小朋友大概都有扔女小朋友石子的经历。但是我小时候有个幼儿园同班男同学,力气很大,人家只是扔石子儿,他就是直接扔砖头了,砸了我个头破血流。

想到此,我鄙夷地看了一眼蛋蛋。

本着为人民服务的精神耍流氓

　　小月河就在北邮门口，很长很臭的一条河，两岸有小小的山和草坪。夏天的时候，草坪上会坐着很多人，这些人大多数心怀鬼胎，或者是去谈恋爱盼天黑的，或者是去寻寻觅觅找人泡的，还有少部分人会拿着吉他假装文艺青年。

　　我姐姐从小混大的，一直就同政法大学里面的一帮小痞子保持着良好的敌友关系。其实说人家是小痞子有点儿委屈人家了，好歹也是教职员工的子弟。于是，我那个时候就常常跟着我姐一起去小月河溜达。到了小月河我们就散，她去找她的朋友玩，我在河边闲逛。

　　我可喜欢在河边闲逛了，因为小姑娘嘛，都喜欢那种被人注视的感觉。我会高昂着头颅走上一圈又一圈，表面镇定其实内心如小鹿般"怦怦"乱跳。河边坐着很多"狼"，只要看到姑娘就会搭话，但是他们并不真正起身去拦，只是坐在那里吆喝："这个怎么样啊？哎，别走啊！哎，说你呢！"现在看来，吆喝的和被吆喝的都身心愉悦，达到了双赢的境界。

但是小月河边也有很多真流氓。据我多年观察，他们是一个团伙，作案手段以露阴癖为主。之所以说是一个团伙，是因为我认为他们至少有五个人以上。我同学（不同的同学）碰到两次，我姐姐碰到两次，我应该也碰到过两次。我们曾经碰头分析过这个问题，经过外观鉴定，这几次碰到的应该都是不同的人。

这些流氓很少夏天出现，因为夏天没法伪装，穿的本来就少，你再露着，大家全都看见了，就失去耍流氓的意义了，所以冬天的时候流氓多。流氓们都穿着军大衣，看起来裹得严严实实的，见到单独出行的小姑娘就会在你面前一下子把大衣打开，然后该看的你就都能看到了。他们真是本着为人民服务的精神耍流氓的，不然看毛片还得花钱买盘呢。

话虽这么说，可是我们还是对小月河沿岸日益猖獗的流氓非常愤恨的，并且我初中的时候就和同学们讨论过生擒流氓的种种可能。我甚至想过要买那种钉着钉子的护腕、手铐还有皮鞭，我的本意是想要防身的，可是现在看看，这分明是 SM 的装束啊。

现在的小月河，整顿得非常有效，已经完全不臭了。很久没有去过，不知道岸边是否还是有很多"狼"盯着姑娘。我显然已经过了被盯的年纪，这真是很大的一个遗憾。

惨不忍睹的小时候

"我妈说,我刚出生时,夜空中金光乍现、香溢满庭,一团紫色云彩笼罩头顶久而不散……"我真希望我妈确实是这么说的,那就印证了我从小心中自以为的秘密:我不是一个凡人。但是,这肯定不是我妈说的,我妈只说了类似于"你刚生出来的时候,分不清脸和屁股"这样伤人心的话。

我是我爸和我妈的一个意外。我妈有我的时候已经三十六岁高龄了,我爸三十九。我妈说,我刚出生的时候没法儿看,头和屁股的长相是一样的,很难分清楚。我妈看到我之后很痛苦,甚至萌生过要把我送人的丑恶念头。

我那个时候的照片也惨不忍睹:眼睛明显没有长开,呈一个横着的水滴状,大头儿在靠近鼻子的地方,越到后来越窄,眼角处迅速缩小成一个尖儿;而眉毛的形状刚好相反,大头儿在靠近太阳穴的地方,眉毛散落在眼皮上方。据大人反应,我小的时候时常很仇怨,总是凝神思索,眉毛眼睛攒成一团。我的额头很大,是俗称的大铆儿头,脑袋的形状是标准的正方形。总之,谁家有这么一个女儿,家长真的要愁死了。

在我很小的时候,爸妈都很忙,姐姐要上学,根本没有人照顾我。每天我醒来,发现身边全无一个人,我就会坐在家里号啕大哭,哭得惊天动地。我家邻居,一位现在已经过世的老爷爷,会很友善地站在门口隔着门同我聊天,大致内容就是:"你哭什么呀?"我抽泣着回答:"找妈妈。"然后,不知道哭了几个小时,我爸爸下班回来了,这个时候我的情绪就会缓和一些,吵着吃点儿巧克力什么的。这种没有安全感的童年生活造就了我小时候有点孤僻的性格。

还好我爸妈没有放弃我,他们勇敢地送我进了幼儿园。

在幼儿园里,我沉默寡言,不是一个讨老师喜欢的孩子。老师么,也难免落俗,孤僻的女老师一定喜欢那些乖巧、伶俐、可爱的小男孩儿,以弥补她们不幸福的感情遭遇。于是像我这种天资看不出聪明而且不爱说话不爱笑不漂亮的女孩子绝对是要打入冷宫的。

终于,我爸妈发现了我的孤僻,一个阳光明媚的上午,他们托我二舅妈带我去了一趟医院。

那次医院的经历给我留下了很深刻的印象。二舅妈带我见了一个年纪很大的老奶奶,老奶奶很慈祥地问了很多问题,其中一个是:"你爸妈是不是很忙?他们不是不照顾你,而是没有时间照顾你。"本来我那个时候就爱营造悲剧气氛,听到这句话之后立刻变本加厉地大哭起来,好像世界都离我而去了。老奶奶的脸上流露出很满意很满意的微笑。而我舅妈则好像没事儿人似的站在一旁根本无视我的痛哭。

你们有没有一种感觉,有时候记忆是很不靠谱的。尤其是久远的记忆,很有可能会同当时的幻想结合起来,时而虚时而实,到最后虚实完全搞混。我就是这样,我清晰地记得我在医院里大哭的那一幕,并且在成年后无数次骄傲地给别人讲起这段经历。从小就看心理医生，这个待遇可不是每个人都能有的。但是当我同我妈妈确认的时候，我妈矢口否认了当时的情况，并且一口咬死说绝对不可能有那样的事情发生。多么诡异，我为什么沉默了那么多年在我大学毕业之后才想起来跟我妈求证呢？我的记忆到底是从哪里来的？

童年不切实际的幻想

我上幼儿园的时候，心中怀揣着藐视一切的态度，曾经居心叵测地望着面前的每一个人想："我能变出一个屋子的话梅。"因此小时候的我，总是一副阴兮兮的样子，很讨人厌。

小学时候很单纯，最爱吃的零食是话梅、话梅粉和威化巧克力以及烤鱼片。在睡觉之前，我都会畅想，如果我有神力，我就要变出一间屋子来装话梅，一间屋子装话梅粉，一间屋子装烤鱼片，每天徜徉在这三样东西里，吃一包扔一包。这个梦想到现在也实现不了，三间屋子，得交多少首付啊。

小学时候家里不是很富裕，我晚上睡在沙发床上，我姐姐睡在弹簧单人床上。我的被子里永远都有一只布熊猫和一个被我用紫色彩笔画了丑恶大脏妆的娃娃。睡觉前，我会把它们俩安顿好，被子盖到下巴，这对于熊猫来讲有难度，因为它根本没有下巴，那就只能盖到嘴巴。看到它们安详地躺在那里，我才能愉快地睡去。

并不是所有的睡前活动都是愉快的，尤其当你开始意识到死亡，想到死亡。

那是我小学三年级的时候。我像平常一样躺下，给熊猫和娃娃盖好被子。仿佛一下子，我开始想到了死亡，不是自己的死亡，而是家人的死亡。我完全不能接受爸爸、妈妈或者姐姐中的任何一个人离我而去，于是我把头蒙在被子里，大哭。那时候我突然感觉到，对于死亡，原来是这么的无能为力。甚至也是从那时起，我开始学会了努力去想快乐的事情，把自己从悲伤的情绪中拉回来。

那个时候，爸爸和姐姐都还没有睡觉，他们正在外边屋子里愉快地聊着天，完全不知道我孤独地躲在被子里，正因为想到了他们的死亡而大哭特哭……

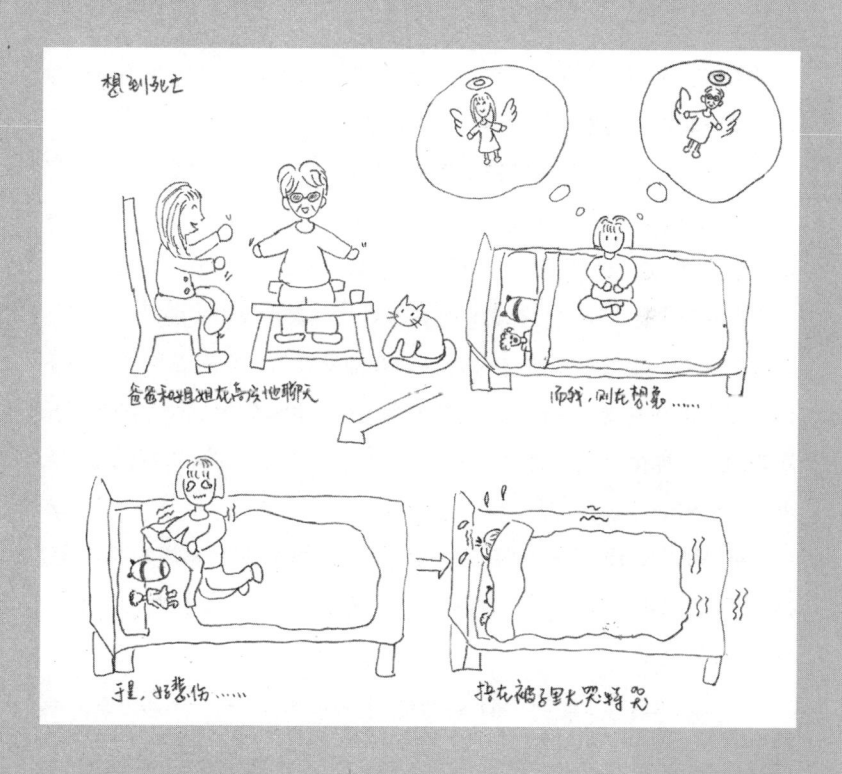

美丽应该是发自内心的

要说起表演这件事么，我还是有那么一点发言权的，我小学的时候，就正式在中央电视台的晚会中出镜了。

小学三年级，有个老师跟电视台的制片人多少有点交情，于是很得意地宣布中央电视台有个晚会需要几个小孩儿。小孩儿的选举过程很简单，学习好的就可以上镜。我是学习好的，所以我荣幸地可以上镜。

老师要求每个小孩儿都自己准备好看的毛衣。我爸妈那时候很不注重我的穿着，需要的时候才发现，毛衣都是破的，要穿在别的衣服下面，完全没有美观，只是御寒。要是搁现在，我一定要忧伤一阵子，托腮望向远方憧憬上流社会的生活，控诉上天的不公平，可怜自己为什么就没有好看的毛衣。

可是那个时候，我只是用手指戳了戳那个洞，然后跟我妈说："妈，破了。"我妈从眼镜上面翻着眼睛看了一眼那个洞，然后跟我说："借一件儿去。"

于是，我发动了全班小朋友帮我借毛衣，我先从打动老师开始。我找到班主任，穿着我那件破洞的毛衣可怜巴巴地说："老师，我没有不破的毛衣。"老师愤怒得拍案而起："你爸妈怎么回事！买件毛衣能有多少钱！"这一幕我印象很深，可是我知道的，我爸妈才不是心疼那几个钱，自始至终他们都觉得，美丽应该是发自内心的。虽然我没有把这种思想完整地继承下来，但是我从我爸妈身上懂得，最终的美丽始终会源自内心。

老师在班上宣布："有没有小朋友有好看的毛衣可以借的？"小朋友都是活雷锋，几乎所有女生都举手了。我挑了一个最有可能有好看毛衣的小朋友下手。她的好看毛衣可真多，最终我选了一件"放射线"的。

毛衣风波之后，我顺利地踏上了中央电视台的舞台。那是一个叫"黑妈妈"的节目，诗朗诵，我们一群十二个小孩子坐在一个阿姨身边听阿姨讲故事，每人一副苦大仇深的模样。在讲故事的时候，我一直在想象我家的猫猫死了，因为导演说了，最好能哭出来。我从猫猫死想到了我姥姥死，越想越心痛，大滴大滴的眼泪流了下来。看来那个时候，我就表现出了我爱哭的潜质。

排练了两遍，第二遍我不得不把刚刚死过的人物揪出来再让他们死一遍。后来导演特地指着画面上痛哭的我问："这个是谁？"大概他也觉得我哭得太过了……

童年的诸多演出里，只有这出场面最大，化了妆而且真正上了电视给了大镜头。比在小剧场演《雷雨》还BIU（很神奇的意思），小时候比现在有出息。

班长的铅笔盒

　　幼儿园时候我很不爱说话,但小学时候我的性格来了一个一百八十度的大逆转,变得能说会道八面玲珑。这要感谢我妈,她作为当时老一代的革命教育家,给我做了魔鬼式的封闭训练。每天晚饭后,先朗诵两篇课文,要求:大声、清脆、有感情、有表情。想想我真应该去考中戏或者北影,我在小学时就已经在接受台词训练了。课文朗诵之后是口算题,然后是计算题,然后是应用题,最后是一篇作文。这样一折腾就要到晚上十点半。为什么我现在这么瘦?打小儿就缺觉。

　　于是,我的嘴皮子越来越厉害。嘴巴厉害起来之后,不知道为什么,我的性格越来越嚣张,脾气也渐渐大了起来,常常跟班里的男生吵架,甚至还摔人家的铅笔盒。也欺负女同学,专拣不爱说话的欺负,让你们也尝尝被人骂之后张半天嘴说不出话来的悲惨滋味。

　　小时候,对感情是很懵懂的,不懂什么叫爱,更加分不开爱和喜欢的区别。但是我从小就显示出了喜欢跟男生玩儿的潜质。那个时候脑子很单纯,谁会计较长得好不好看或者有没有钱啊,只要学习好就有人追。我学习好,那我自然需要喜欢上一个门当户对的,于是,我非常心仪我们班的班长,我们暂且就叫他"班长"吧。

我心仪的方法不是给人家织毛衣或者递纸条,我是花尽了心思找碴儿跟人家吵架。我总是有事没事地凑过去说话,说的都是些:"哟!你的衣服怎么这么难看啊!""哟!你的书包怎么这么脏啊!""哟!你这个字写得实在太丑了!"这种搭讪方式搁谁谁都不爱听,于是必然会掀起一场战争,我就在争吵中感受着那种小小的得意和甜蜜。现在想想,真变态……

有一次我们一起走在上学的路上,班长说:"你的名字真像一个男生。"我立马跟打了鸡血一样兴奋,高兴地对着班长一顿臭骂:"你的名字才难听呢!多俗啊!还敢说我的,回家赶紧让你妈给你重起一个吧,当心长大了讨不到老婆。"其实讨老婆跟名字有什么关系,我不知道,我只知道我有了一个很好的吵架借口,又能找碴儿说五分钟的话了。

还有一次,我和另外一个女生一起同班长吵架,一激动,那个女生把班长的铅笔盒摔到了地上。班长涨红了脸立刻把身子转向另一边,也不去捡铅笔盒。气氛僵在那里,双方剑拔弩张。我出神地望着那个地上的铅笔盒,内心深处非常想走过去,轻轻把它捡起来递给班长,可是这样做会暴露我喜欢班长的事实吗?正在我犹豫的阶段,另外那个女生默默地走过去,捡起铅笔盒,还用手指轻轻地擦了擦,放在班长的桌上,低眉顺眼地走了。我立刻明白,她也喜欢班长!我有情敌了!而我还多么傻地同她一起跟班长吵架!她是我们班主任老师的孩子,从心底里,我认为这是非常有说服力的一个条件,班主任老师的孩子配班长,天经地义啊!为此,我沮丧了整整一个学期。

我对班长的感情一直延续到小学毕业,因为不出意外的话,他在小学里面会一直是我们班的班长。这种班长情结到了初中就烟消云散了,因为初中大家开始喜欢上痞痞的男生,谁要是再心仪班长,会被全校学生笑话。最终我没有捡起班长的铅笔盒,还好没捡,不然初恋就要提前到小学了。

读万卷书

有一天，我正趴在桌子上辛苦地写作业，一歪头，看到妈妈正靠在木板床的被子上优哉游哉地看闲书。我由衷感慨地说："妈妈，我真想赶快上班。"我妈听到后很诧异，问："为什么呢？"她大概以为我是为了提早为祖国作贡献之类的。我平静地回答："那样我就可以像您一样，天天靠在被子上看闲书了。"

此言一出天下大乱，作为光辉的正统母亲代表，我妈从被子上一跃而起，慌乱地说："谁说我天天看闲书了？你这孩子，你可不知道我每天有多忙，我也是读书过来的，$@#ˆ$%*……"大概二十分钟的演讲之后，我爸也被禁止靠在被子上看闲书，看电视都要背着我，一天到晚假装繁忙。父母为了教育我成为一个热爱学习的人，真的很不容易，但还是没有成功。

于是小时候的我很珍惜看书的时间，而且看书时必然靠着被子。

我很容易受到书里一些内容的影响。记得看过一本书里面讲"炒黄豆"，说金灿灿的黄豆在嘴里嚼得脆脆的。我看了之后非常向往，天天缠着我妈给我炒黄豆。我妈就炒一把,撒点糖,然后我装在兜里一个个扔着吃,边吃边上学。

我姐从小就很有想法,记得她曾经一度非要管我叫"通宵达旦",让我很是抓狂,这大概是她学会的第一个成语,后来她四字成语用得惊为天人。在我也很小她也不大的时候,她问过我一个问题:"你知道'了不起的盖茨比'吗?"我回答:"不知道,什么是'了不起的盖茨比'啊?"我姐却带着一脸的不屑回答:"切,你连'了不起的盖茨比'都不知道!"随即绝尘而去。

抓狂的我之后一直在问小朋友,知不知道什么是"了不起的盖茨比",小朋友们给我了很多答案,最靠谱的大概就是"这可能是一种很了不起的笔吧"。后来这件事情被我渐渐淡忘,直到大学毕业想起来,上网百度了一下,才终于明白了什么是"了不起的盖茨比"。我姐果然比我有文化多了。

我最近买全了高木直子的手绘本,一直很耐心地在慢慢看,最喜欢的是《一个人去旅行》和《一个人住第5年》。她目前一共出了五本手绘本,都很好看,看过之后心情愉快并且食欲大振。

古人说,读万卷书行万里路。万卷书大概我读不下去了,不过行万里路还有希望。

被青春痘覆盖的青春期

初中的时候，青春期叛逆，各种怪异被发挥得淋漓尽致。我回顾以前的初中同学给我的毕业留言，发现他们都会提到我的"泛白的大眼球"。并不是我眼白很多（虽然确实眼白很多），而是因为，我多数时候用白眼球看人。

初中的我很难看，因为我被青春痘袭击了。也许有人会说："您现在也好看不到哪儿去啊？"那你应该为自己庆幸，因为你没见过我初中的样子。用同学的话说："基本看不出真人长什么样儿，因为完全被青春痘覆盖了。"那时候，我的青春痘像叠拼一样，一层盖着一层，前赴后继地绽放着。

即便如此也没能打消我的自信心，我仍旧谁也瞧不起。唯一瞧得起的，是外班一个女生，常常在学校的文艺会演上当主持人，长得很好看，由于学过跳舞，所以气质很好。我非常羡慕人家，没有青春痘却有气质，不像我，没有气质却一脸青春痘。

于是我做出了令人震惊的决定：学她！我开始学习她走路的姿势、

穿衣的风格、言谈举止。当然，这一切都是私下里进行的，没有人知道。只是我妈那个时候曾经提到过："你怎么走路突然这么装腔作势的？"我没有理她，她不懂得，我其实是在磨炼我的气质。现在看来，我果然学成了，由于屁股长期撅着，腰椎都变形了。

初中时候，我有一句口头语："你真虚伪。"我当时大概也不晓得"虚伪"的具体含义，但是只要知道它是一个贬义词就够了。我逢人便说（还带着泛白的大眼球）："你真虚伪。"

青春期的女生，都特别懵懂及萌动。有一天，我们教学楼下停了一辆垃圾车，开车的司机非常帅。现在想想，再帅那也是一辆垃圾车啊，实在太不浪漫了。但当时，全班的女生都拥到窗前去参观，司机很羞涩。我不屑于与她们为伍，太肤浅，但是又很想让帅垃圾车司机关注到我，于是我假装和同学在窗前聊天。

不过事情进展得不顺利，因为太多女生聚集在窗前假装聊天了，于是我很不满地对我的聊天对象说："大家都在窗前聊天，不就是想让楼下的司机看到吗，真虚伪。"结果她做出了令人震惊的举动："是啊！我们拉上窗帘吧！"于是她一伸手竟然拉上了窗帘！之后我一点儿也不想和她聊天了，简直索然无味！

初中在虚伪与真实之间过去，谈不上有多美好，但是现在想想，还是很有趣的。

幸福就是和他一起骑车回家

我中学上的是重点高中，而且是海淀区的重点中学。海淀区是教育试点区，师资力量、教学水准都是最强的。不过，这并不妨碍学校里的学生学走蛊惑仔路线拉帮结派，组成所谓的"黑社会"。

那时候，江湖上传着"七狼八虎一条龙"的神话。如果您能有幸认识其中的一条狼或者一只虎，那么恭喜您，据说您在海淀区犯下什么事儿都有人罩了。认识龙就更别提了，估计北京城都布满了他的人脉。我最初对于"七狼八虎一条龙"是有着一种由衷的崇拜的。因为我从小就没见过这个，突然冒出几个人来说是江湖上让警察闻风丧胆的匪徒，多少有点崇拜。请注意，那时候我上初中，而"七狼八虎一条龙"也在上初中……

后来，在同我们班一个男生的闲谈中，我惊讶地发现，原来这个坐在我旁边座位貌不惊人的男生就是"七狼八虎一条龙"中的一虎！叫"断肠虎"！我当时惊讶地看着他，又陆续知道其实"七狼八虎一条龙"中我们班的男生竟然占了一半！于是，我的那种崇拜突然变得很茫然，当龙虎的形象鲜活地对应到每一个人而且这些人我还都认识的时候，我突然觉得这种崇拜非常不靠谱。

断肠虎是个年少时候就懂得心疼女生的人，经常会讲笑话给我听，或者借笔记给我抄。他全然没有虎的那种残忍和勇猛，更不要说断肠了。我和他家离得不远，又是同桌，于是我们常常一起骑车回家，我的幸福就是能够和他一起骑车回家。

可惜的是，断肠虎太受欢迎了，我发现不止我一个女生喜欢他，几乎班里一半女生都喜欢他。敌人的力量太强大了，我顶多能借着同桌的近水楼台先得一下月，一旦放学，我基本占不着什么便宜。但是我一直坚信，他经常和我一起骑车回家，就是喜欢我。在一个月黑风高的夜里，我的一个同学告诉我："你知道吗？断肠虎喜欢小丽。"

断肠虎喜欢小丽？那个小眼睛、薄嘴唇的小丽？！那个学习成绩很差成天在外面混的小丽？！那个一天到晚板着脸凡人不理的小丽？！我在晴天霹雳中一下子明白了，男人跟女人一样，一个天天陪你骑车回家的女生是没必要去喜欢的，平时说不上话、搭不上茬、家住的跟你刚好是两个方向的女生才最吸引人。

于是，我掉换了座位，离开了断肠虎，虽然我只有十四岁，但是很荣幸我懂得了放弃。

破碎的暗恋梦

教我朗诵的老师曾经语重心长地对我说:"你一定要好好保护你的嗓子,你的嗓音非常好听。"那时候我妈妈利用周末给我报了很多补习班,希望我十八般武艺样样俱全,可是唯独忘记让我去学唱歌。现在想想真是一大失策,一颗演艺界的明星就因为家长的一时疏忽而大隐于市了。

因为没有学过任何跟音乐沾边的东西,所以我乐感很差并且……我非常不愿意承认但是又不得不承认……我有点儿五音不全。

我第一次知道我五音不全是在上初中的时候,那个年纪刚刚接触流行音乐,一天到晚就是赵传和苏芮,男生都自不量力地以为自己能当上摇滚青年,女生都自不量力地以为自己能傍上摇滚青年。我比别人都晚熟,所以永远跟在别人的屁股后面跑,人家听赵传我就听赵传,人家听林忆莲我就听林忆莲。

同桌的男生是个赵传迷,每天下了课就跟着磁带哼哼唧唧地唱歌。为了表明我不是落后分子,我也经常有一搭无一搭地跟着唱两句,大概五音不全的人都听不太出来走调，所以我自认为自己的调调很准然后音色也不错，慢慢地声音就大了起来生怕别人听不见。我同桌刚开始还很给面子，只是戴上耳机静静地忍着。

后来我声音大得已经穿透了他的耳机直接刺激他的耳膜了，他终于开始烦躁、坐立不安、咂吧嘴、叹气……但我就是比别人晚熟嘛，不晓得他这么甩脸子是给谁看呢，真诚地劝他去多看几本关于青春期心理的书调节一下心态，然后继续在课间嘶吼我的赵传。一个月之后，他终于忍不住了，眼里含着泪花对我说："你走调也走得太厉害了，听完你唱歌我至少得回家多听三遍原唱才能把调给掰回来。"

我受了很大刺激，很久没办法出声唱歌，直到我遇见一个我心仪的男生。

那已经是上大学时候的事情了，这个男生很普通，是我大学同屋的男友的同学，长相普通但是唱歌很好。动人的歌声是非常有杀伤力的，自从他唱过歌之后，我就开始魂不守舍，一听到这《相思风雨中》的前奏响起就由内而外地浑身酥软。为了能和这个男生共唱同一首歌，我至少在家练习了一个多星期的《相思风雨中》。

机会终于来了，有一次大家聚会，在魏公村附近的金永练歌房，那个男生问我："每次你都不唱，这次唱一首吧？"我涨红了脸鼓足了勇气说："我会唱《相思风雨中》。"说完这句话，我都快紧张得背过气去了。于是他们点了《相思风雨中》，我惴惴不安地拿着话筒，等着开唱的那一刻。

音乐悠然响起，我期待地看着那个男生，只见那男生自然地把话筒递给旁边的一个胖子，说了句："我不会唱粤语歌……"我的梦啊！就这么被他无情地践踏了！连《相思风雨中》都不会唱，还敢出来混练歌房？！

双重打击之后，现在的我，不爱唱歌。

我有一个特立独行的姐姐

　　我和我姐小时候长得很像，直到现在我都还分不清楚我们两个人小时候的照片。我姐比我大挺多的，小时候总是欺负我。我上幼儿园的时候显得很傻，反应慢而且不会说话，每天都痴痴呆呆地坐着想事儿，其实我那是在思考。我思考很多事情，比如怎么偷到我爸爸藏起来的巧克力，比如怎么能偷穿我姐姐的裙子。说句实话，我小时候还没有现在光明磊落呢。我每天都和我姐斗智斗勇，可是很难取胜，因为她毕竟比我大六岁，智商发展快一些。

　　我家的后院有一株臭椿树，一到夏天就枝繁叶茂。有一天，我坐在床上想事儿，我姐姐突然神秘地进来了，对我说："我带你看一个好玩儿的。"于是我把想着半截儿的事儿暂时放在一边，跟着她来到了院子里。我姐摘了一片臭椿的叶子递给我说："你放手心里。"我乖乖地照做。"然后你用手把它搓烂了。"我又乖乖地照做，搓了满手的臭椿叶，像沾了一手绿泥一样。"你闻闻你的手。"我仍旧乖乖地照做。那个时候的臭椿树都是天然肥料浇灌的，比现在的臭多了，我一闻，哇！毫无疑问的一股大便味儿。我站在树下伸着两手号啕大哭,而我姐则得意地跑远了。

我姐跟我一样善用四字成语,说话非常简洁。我有很多四字成语的用法是跟她学来的。比如,MSN上,我对她讲述我爸妈家猫咪在家干的坏事儿,我姐会说:"它仗着妈妈的宠幸又得意忘形,为虎作伥。"要下班的时候她会说:"五点半了,我十分钟之后将绝尘而去。"我姐很少跟家里人沟通她的想法,因为她是太有个性的一个人,很多想法都很奇怪。我记得我上初中的时候我姐姐已经毕业了。她找了一份在武汉的工作,可能要去几年甚至一辈子。在她离开家之前,我们毫不知情,直到晚上她要坐飞机了,才对我爸妈说:"我一会儿去武汉,不知道什么时候回来。"

我姐独立地操纵着她自己的人生,旁人完全无法干预,还好还好,她也过得很快乐。我们很少见面,她有她的朋友圈子我有我的,可是每次许愿的时候我都不会忘记她,这大概就是所谓的血缘吧。无论相隔多远,无论多久没有联系,我仍旧会很牵挂她。我姐也是这样,她常常很随意地留下很多新买的衣服在我爸妈那里,但是我知道,这是她特地给我买的,因为她一米七我一米六二,衣服根本不是一个码。

很奇怪,她总是习惯把关心淡化得像是一杯白开水。不仅对我,对我爸妈也是这样。她很少回家看我爸妈,就算在家里对话也不会超过十几句。可是有一次,我妈突然犯了美尼尔综合征,一睁开眼睛就吐,于是我头一次看到了一直很冷静的姐姐的焦急,那种真实的、关切的焦急,同平时她冷冷的目光完全不一样。因此我想,其实她像我们爱她一样爱我们。

我们的《雷雨》

在大学生艺术团的时候，我参演《雷雨》，我演四凤，一个叫帅帅的演周萍。

四凤的戏就是哭得死去活来，跪在地上不起来。我哭得可真了，排练的时候把帅帅给哭傻了，看着一把鼻涕一把泪的我愣神儿，冒出一句："大家玩玩儿而已不用那么认真吧……"把我哭的积极性打击得体无完肤。最终公演的时候帅帅更夸张，我说完："我……我有了！"之后，他看我哭得入神竟然忘了词，憋了半天来了一句："怎么这么不小心啊！"台下晕倒一片。

还有一幕，我和帅帅跪在鲁侍萍面前许下山盟海誓要一起走，我照例是哭，帅帅深情地许愿的时候把手搭在了我的背上，我那个时候头发长，不知道怎么回事他的手就和我的头发缠住了，一边说着台词一边跟我的头发较劲，他拢一次我的头就要抬一次，幸亏我是在哭，台下的观众可以理解为我在抽泣，不然看我跟磕头虫一样脑袋一抬一抬的多恐怖啊。我当时真想跳起来抽帅帅几个大嘴巴，揪掉我好多头发。

小奥曾经演过周冲，一个上场也就半分钟还没说几句话就死了的角色。他们演《雷雨》的时候，周朴园有句台词，应该是指着一扇开着的窗户说："去把窗户关上。"不幸的是，当时道具不小心已经把窗户关上了，于是周朴园一回身指着窗户刚要说话，发现不对，幸亏演员还懂得随机应变，义正词严地说："去把……这……这窗户怎么有人动过？！"

小奥他们的话剧团一看就不专业，四凤和周冲在没戏的时候竟然在道具窗户后面歇着。还是周朴园，他去开窗户的时候小奥和另一个女生的脑袋突然惊现于窗户外面，正嬉皮笑脸地说话呢。据说当时小奥和那个女生以迅雷不及掩耳盗铃之势闪开了，但是终究没能逃过观众凌厉的眼睛。他们的《雷雨》彻底成了一出闹剧，演周朴园那个演员据说公演之后就疯了。

我们的《雷雨》，多与众不同啊，直到现在，大学时候别的系的同学还记得我当时的台词："萍！我们一起走！"只要一提这个，他们就能回忆起我美丽哀怨的形象。

屈指可数的艳遇

我曾经审视过自己的艳遇经历，审视了一阵子之后，悲哀地发现，我压根儿没有过什么艳遇。从小学开始我就期待着排队的时候身边能站个帅哥，这个目标到现在演变成了希望坐飞机时旁边位子能坐个帅哥，可是从没有梦想成真过。

我记得中学时代，做课间操（现在"课间操"这个词怎么看怎么别扭），我们和高年级男生并排站。那时候我看一个浓眉大眼的男生特别顺眼，长得跟陆毅一样没特点，现在想想真是没品位。于是我每天都期待着能够跟他站一排，那时的我多么纯洁，一点邪念没有的，只需要站在一排就好了。

某个阳光灿烂的上午，由于我前面一个女生病假，我和那个男生并排了。我非常紧张，非常紧张。我本来想把课间操做得像跳舞一样引起他的注意，但是由于太紧张，导致整个身体都很僵硬，所以动作做得格外有力量。我那时候的小宇宙不行，连个帅哥都控制不了，毕竟年轻啊。

不过在做一个把手臂放平的动作的时候，有件事情发生了。由于男生比我高，而且我们的队伍站得比较密（主要是我特地离人家近了一些），因此手臂放下的时候，男生的手刚好拍在我的手上。那一下拍得很响的，"pia"的一声全班都听得到。可以想象我当时激动的心情吗？！我们有肉体接触了！如果我的心理素质像现在一样好，我必定会趁机搭讪或者至少笑一笑，但是那个时候，我只是呆滞地望向前方，假装什么也没有觉察到。那男生心理素质也不行，和我一样，假装面部表情很自然（或者就是人家特不想趁机答理我）。

在我超级大的大脑中，只有这么一点点类似艳遇的镜头留下来。

我姐在这方面是很 BIU 的，她经常会走着走着路，一辆什么车一个急刹车停下来，探出一个男人问："我送你一段儿？"我就从来没有碰到过这种场景。有次我很哀怨地跟我的同学诉说我姐姐的经历，并且在最后做了一个总结："你说，我也是女的，长得不比她难看，怎么就没有人主动在大街上拦着我让我上车呢？！"话音未落，只听身后一个男人嚷嚷："小姐！上车吗？！有大座儿！"我激动地回头一看，是一辆小巴……

那年的那些歌

早上开车上班，最爱听FM91.5的"飞鱼秀"，结果今天早上一听，发现小飞正在采访钟立风。大概在二〇〇五年的时候，钟立风出了一首单曲，有个广告牌立在三里屯。我之所以会注意这个广告牌，完全是因为在很多年以前，我曾经和钟立风还算得上是朋友。

一九九八年的夏天我还在大学读书。（因为我上学早，所以现在还不是很老。）那个时候在海淀区一带混的人一定都知道在白石桥的公共汽车总站有个酒吧，叫"民谣"。钟立风是那里的歌手之一，我们叫他小钟，羽泉中的羽也曾经在那儿唱歌，但是他那个时候叫涛贝儿。小钟傻乎乎的，长头发，很黑，龅牙，绝对算不上帅哥，但是在那个白衣飘飘的年代里，能做流浪歌手的情人是很光荣的事。于是我们几个女生酷爱泡那个酒吧，酷爱找歌手套磁。

小钟的歌很好听，我至今记得的有《阿波罗》《木偶人的爱情故事》《爱情圆舞曲》《再见了，我最爱的人》。最后一首歌后来被别的歌手唱了，但是怎么唱都不红。我那个时候一直不明白为什么小钟只能当一个酒吧的驻唱歌手，我们当时为了能天天听到他的歌，甚至自己偷偷地带着录音机去录，录下来的那盘磁带我至今都留着。

去一次民谣是很不容易的，我们要穿越大半个北京城，因为我的学校在极东之地，而民谣在极西之地。如果骑车，我们要骑一个半钟头。通常我们会选择骑车的方式，因为如果坐公交车，车站刚好在酒吧门口，你简直就是在众目睽睽之下从公共汽车上走下来，我们觉得是很丢人的。学生没有钱，我们会买一杯茶坐一个晚上，但是民谣的老板栗正从来都不会歧视我们，让我们坐很靠近歌手的位子，还发给我们铃鼓和撞钟一起敲敲打打。

小钟告诉我，他是从新疆过来的，他在新疆的时候骑马从来不用马鞍和缰绳，拉着马鬃跑也不会掉下来。他说他在新疆有个姑娘，又漂亮又贤惠，所以他为她写了那首当时在民谣很著名的《阿波罗》。

很多常去民谣的客人都会点唱一首歌：《吸烟的女人》。但是小钟似乎不是很爱唱，因为他不爱看女人吸烟。这首歌的旋律让人酸酸的，但是又有点上瘾，听过一遍一定还想听第二遍。我们去民谣就是为了听小钟唱他的原创，其实他的嗓子很一般，但是他从来舍不得把自己的歌卖给别人，除了那首《再见了，我最爱的人》。于是我相信，他一直过着很清贫的日子。

后来民谣不知道什么原因换了主人，原来的老板栗正开了另外一家酒吧"栗正"，小钟仍旧是驻唱歌手。但是不知道为什么，他开始不喜欢唱以前的那些老歌了，而我们也刚好告别了做流浪歌手情人的年代，开始疲倦于往返城东与城西。那些优美的旋律慢慢走远，剩下的唯一记忆就是我偷录的那盘磁带。

这么多年之后，小钟终于出了他的第一首单曲。说句实话，这些年让他等得太久了,而且还是一首唱母亲的歌,这明显不是他的强项。其实我和我的同学一直等着小钟把他以前的那些美丽的歌合并在一起出一张专辑,我们那时候说:"如果小钟出了专辑,我一定会买。"这个誓言我从来没有忘记。

老妈真是大大的狡猾

越长大越发现,父母是很狡猾的,我妈尤其老谋深算。

小时候的我,对父母言听计从,并且相信他们的话就是真理。那个时候我狂爱看书,每天捧着书连吃饭的时候都在看,因此必然会影响食欲,因此饭就有一口没一口地吃着。于是我妈看在眼里记在心里,有天语重心长地对我说:"知道吗?吃饭的时候看书会得神经病的。"

得神经病,那在我幼小的心灵里是多么巨大的一件事啊!万一得了神经病,我就会像院儿里那个胖胖的高个子男人一样,每天穿着破破烂烂的衣服站在路边傻笑,还会被小孩子丢石子!太可怕了!我惊恐地望着我妈,赶紧放下了手里的书专心吃饭。日后每次看到那个院儿里的胖子,我都会心虚地想,吃饭时候看书就是这个下场。

到了大学,我同寝室的同学一边吃着从食堂打来的饭一边看专业书,我嘴里嚼着排骨语重心长地对她说:"别看了,吃饭看书会得神经病的。"同学恍惚地抬起头来,问:"为什么啊?"这一问把我问住了。是啊,为什么啊?凭什么啊?就凭我妈的一句话,我竟然记了二十年都没想起来问一句"为什么"!

于是周末回家的时候,我问我妈:"边吃饭边看书为什么会得神经病啊?"我妈抬起眼皮看了我一眼回答:"这是谁说的?太可笑了。"我瞪大了眼睛看着她说:"您说的,小时候您跟我说的。"我妈一惊,和我对视了一会儿之后哈哈大笑着说:"这你都信啊?"

我现在想起这件事,是因为我翻出来我小时候的一条毛裤。我妈织毛裤的时候问我:"你是要小燕子的还是要小人的啊?"我郑重地对我妈说:"让我想一下。"我想了一个下午,课都没上好,最后艰难地选择要小燕子的。

但是直到现在,我都没有找到小燕子究竟在毛裤的哪里。

◻ 生活总有欢快的一面

爱人与朋友是生活中不可缺少的部分，他们也许不能时刻陪你哭，却有时刻让你笑的本事。即便是再难熬的日子，只要"朋友一生一起走"，艰难的时刻都会过去。

极限运动爱好者

　　蛋蛋是我的夫君，长得人模狗样的一枚帅哥。之所以这么不幸被叫做蛋蛋，是因为我觉得他的脸太圆了。虽然他表面上对外人抗议这个名字不符合他酷酷的气质，但私底下他很喜欢这个名字，我也不知道为什么。

　　我认识蛋蛋是在朋友的生日"爬梯"上，他闪了一下身就走了，我记住了他的小胡子。不过缘分总是一种很无常的东西，说不定什么时候就会跑出来，吓你一跳或者让你大吃一惊。有天我在钱柜门口等另外一个朋友，又碰到了蛋蛋，聊起来发现他竟然以前也是在会计师事务所工作的，而且是个户外极限运动爱好者。而我是个纯户外装备派，虽然把装备凑足之后对此项活动的热爱就会彻底结束，但似乎我们很有话聊。

　　后来的故事很不浪漫，因为我俩都不是浪漫的人。他总是不停请我吃饭，吃着吃着就很自然走到一起去了。蛋蛋一直在教导我改变对户外运动的看法（其实本来我也没什么看法），给我讲了很多关于户外运动的乐趣和优点，我仍旧无动于衷，直到他说："滑雪滑得好是很 BIU

的，穿着好看的滑雪服从上面冲下来神气死了。"我心中属于户外运动的那摊死水才终于因为很 BIU 的滑雪服而微澜了。

和蛋蛋在一起是件很幸福的事情，因为他实在太可爱了。他告诉我他上大学的时候，喜欢一个女生，想要跟人家表白，于是先去买了十只糯米鸡。这个举动很奇怪，我当时吃了一惊，心想："这女生到底多大饭量啊，我大学那个时候贪吃得不行，也只能是正餐吃五两米饭，夜里外加三个茶鸡蛋当消夜。"后来才知道，这十只糯米鸡是送给班里的交往比较好的同学的，属于行贿。要求就是：在表白后要带头鼓掌。

那是一次上大课，两个班的同学一起上课，课间休息大家还在整理书本的时候，蛋蛋，一个傻乎乎的勇士，冲上讲台推开老师对着麦克风大喊了一声："XXX！我喜欢你！"并且用右手指着台下的那名女生。肃静、哗然、震惊。反应最快的就是吃了糯米鸡的十位同学了，果真没有让他失望，带头激动地鼓起了掌。老师站在 边背着手满意地看着他嘀咕了一句："每年都有一个。"

可惜的是，本次表白以失败告终，糯米鸡产生的收益率为零。连蛋蛋自己都觉得，本次表白可以入选"上世纪最二事件"。我对他说："吃你糯米鸡的人不仗义，要是当初我在场，你给我糯米鸡吃，我除了鼓掌以外还可以赠送起哄、吹口哨和拍桌子。"不过我心里其实想的是，幸亏那些糯米鸡没有产生效益，不然我现在还是一名单身大龄女青年了。

蛋蛋是个很健康的人，虽然作息时间很亚健康，但是他对于运动的热爱让他充满活力。有天晚上吃饭的时候，他兴奋地对我各种生活腐败、思想物质的朋友说："我们去海岛玩！坐一夜的长途车然后再搭船……"他们听到这句话基本就没有兴趣再往下听了，有人更是一针见血地指出："有五星级酒店住吗？不能坐飞机吗？"于是蛋蛋只能悻悻地继续拨拉自己面前的那碗白米饭。

　　饭后蛋蛋说想一起走一走,于是我们一起走在一条小街道上。街边麻辣烫的香气飘忽在有些凛冽的冬季空气里,我伸着脖子哧溜着鼻子闻了又闻,觉得竟然又饿了。一阵北风刮过,还是觉得有点冷,我不禁缩了缩脖子。蛋蛋斜眼儿看着我问:"冷啊?"我点点头。他使劲吸了一口凉凉的空气,然后说:"那我们跑步吧。"话音未落,已经拉起我的手欢快地奔跑起来,我猝不及防打了个趔趄。

　　很久没有跑过步了,我大口大口喘着粗气,终于觉得热热的血液流过我有些冻僵的身体。在宁静的冬季晚上,一只流浪猫鬼祟地瞄了一眼正在奔跑的我们,迅速闪入黑夜里。

我要做一个滑雪达人

我本性上是个很懒散的人,到冬天就要冬眠。古时有位哲人曾经说过:"春困秋乏夏打盹,睡不醒的冬三月。"说得多好,完全反映了我一年四季不同的精神状态。

对于假期和周末,我最大的愿望就是早上睡到自然醒,下午进行愉快的午休活动,然后晚上通宵熬夜看电视或者开Party。不过蛋蛋不这么想,他平时工作很自由,没有会议的时候睡觉可以睡到自然醒(我常常因为这件事而对他产生莫名的仇恨,这大概就叫做嫉妒吧),所以一到周末就跟打了鸡血一样兴奋。最近他一直在跟我念叨滑雪的事情。

自从我大学同学菜花在滑雪高级道跳崖未遂摔断腿之后,我一直在高度赞扬她的钢板腿精神,以及挑战高级道的勇气。我胆子很小的,在赞美菜花同学的同时,向大家宣布:在大规模补钙之前不会去滑雪了。不过我还有个毛病,就是从来说话不算数。在蛋蛋的威逼利诱以及讽刺嘲笑之下,我愤然要求做一名杰出的滑雪青年,同时加强补钙。

在一个凛冽的冬天,我和蛋蛋一起去了万龙滑雪场,准备开始我的第一次滑雪。蛋蛋问我："你打算滑单板还是双板？"我问："哪个更BIU呢？"蛋蛋回答："单板看起来更加酷一些。"于是我回答："那当然是单板了。"接下来，我要做的事情就是时不时地畅想一下自己滑单板时候的飒爽英姿，然后仰天狂笑三声。

身为一个严肃的初级单板滑雪爱好者，我在万龙的中级道（万龙基本没有初级道）滑了七八趟，平均每趟摔十次，姿势多得令人发指，前空翻、后空翻、侧摔、屁蹲儿外加狗吃屎。小宇宙完全摔散黄儿了，摔到第四十个跟头的时候，我一摸兜儿，发现手机没有了。手机摔飞之后我在每一次摔跟头的时候都会四处看看，希望能找到我的手机，但是很遗憾，跟头摔得如此密集，我都没能找到我可怜的手机，它大概已经在雪堆里冻死了。而我，完全没有了单板英雄的豪情，也不能踩着板子仰天狂笑三声了，而是灰溜溜地拖着板子不断抉择："滑？还是不滑？"

坚强的我选择滑，钱都花了，不滑太亏了。蛋蛋说，在缆车上，他看到带着粉红色小球帽子的我一次又一次地跌倒再爬起，很感动。我告诉他，我这么着急爬起来一是怕后面飞速过来的人撞死我，二是想赶紧滑到底去休息，长痛不如短痛。

没有了手机，我的那些好朋友，例如菜花、小奥、默默、大雁等人完全联系不到我了，他们很着急。主要是我机品很好，有短信基本必回，电话也会接，这么久销声匿迹，实在不是我的风格。小奥向菜花和默默表达了他的担心，分析了几百种可能，并且在第二天晚上对外宣布了我的死讯。不过好在在他组织遗体告别仪式之前，我买好了新手机联系上了他们。

接下来的时间里，我是在肌肉酸痛和发烧中度过的，我身体很难受但是心里非常温暖，因为我知道有很多人都在关心我爱护我，大雁说：

"你活着贼嘎让人喜悦。"(贼嘎在宁波话里的意思大约应该是"非常"。)

之后每一年春天来临的时候,我看着温度计都会想起两件事:一、暖气要停了得赶紧加衣服;二、今年的滑雪季就这么过去了。

身边的朋友都在附庸风雅地学习滑雪,给我造成了巨大的心理压力。有一次吃饭碰到某人,我发现他的右眼下面多了一个铜钱大小的紫印,刻薄之心油然而起,于是问:"您什么时候长出了个胎记啊?"他得意地眯起眼睛说:"这是在南山滑雪摔的!我已经可以高速换刃了!"我很想祝贺他,却掩藏不住眼神中的哀伤……

这是我的第 N 个滑雪季了,我稳健地练习了三年最基本的单板技能:推板,却止步于最重要的一个技能:换刃。我迎来送往了很多初学者,我热情地教会他们推板,之后他们便换着刃离我而去。现在,我只能掩饰着内心的焦急骄傲地说:"论推板,没人能比我推得好!"就连蛋蛋都要承认,我在高级道上的推板速度一点不比他换刃的速度差。但是,古人说得好:不会换刃等于不会单板……

我最喜欢的滑雪场是万龙,因为这里有一家四星级的酒店,就在雪场旁边,从酒店出来走着就能到雪场。酒店里不仅仅有舒适的房间,还可以吃到好吃而丰富的早餐,方便得很。万龙有至少八条高级道(分别叫金龙道、银龙道、猛龙道、腾龙道、中华龙道等,听名字就知道很悍了),一条中级道以及一条只有一百米长的初级道。它以骄傲的姿态告诉世人:这里不欢迎初学者。

我曾经狠下心来练习换刃,却由于太害怕摔跤,总也练不好。别人都用血的事实告诉了我:练习换刃是不可能不摔跤的。但是我就偏不信这个邪!

某个雪季的最后一次滑雪,仍旧是在万龙,蛋蛋逼着我上了一次金

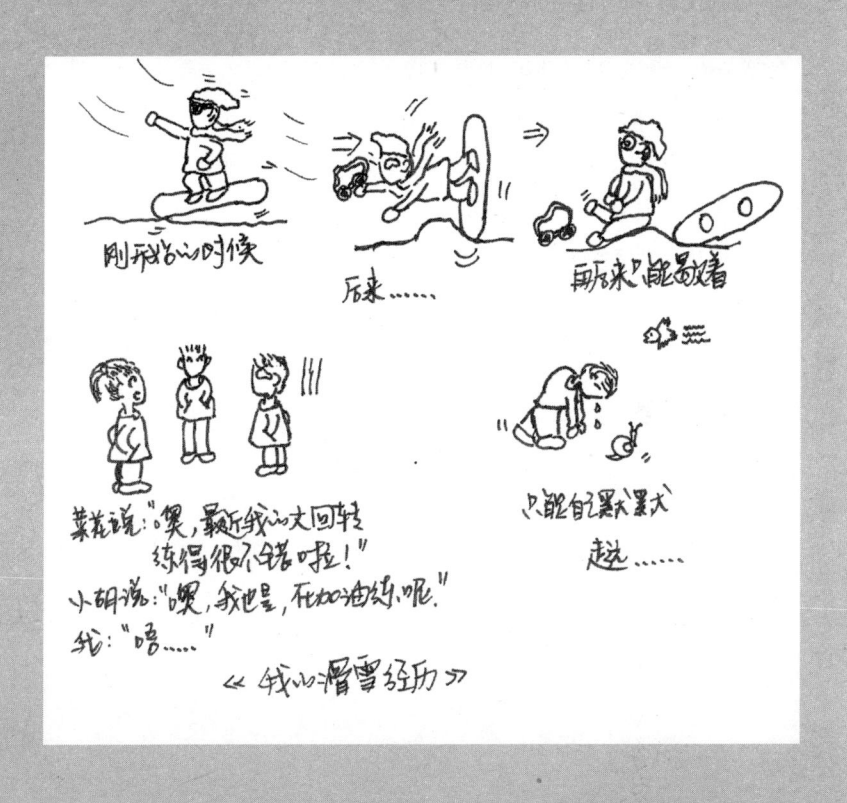

龙道——这是他最喜欢的雪道，因为很陡——理由是希望我能习惯速度，这样才能不怕摔跤。在金龙道上，狂风吹过我的脸庞，我勇猛地推板而下！

说起推板，我就算是再陡的坡也是不怕的，因为我推了三年了！基本功扎实得不得了，想什么时候刹车就能什么时候刹车！和那些单板高手一起呼啸在金龙道上，我有了一种感觉：有此推板技术何必练习换刃？当我把我的感觉和蛋蛋说了之后，他很鄙夷地看了我一眼回答：

"练得再好，那也只是最低级的单板动作！"

我很伤心……

在自尊心的压力下，我正式开始认真练习换刃。虽然到现在都还没有熟练掌握，但我相信功夫不负有心人，早晚有一天我也可以像单板英雄一样神气地从高级道上呼啸而过！

善良的人会永远快乐下去

大雁,男,上世纪七十年代生人,现居宁波。

大雁的心地很善良,常常看看电视或者电影就要哭出来,这点随我。可是他看《金刚》竟然没有哭,反而跟我说:"毛病!《金刚》有啥好哭的?一只猩猩和一只恐龙打啊打的,吓死人了。看《金刚》,钻怀指数5.1!"

大雁脾气很好,很少和朋友真吵架,可是又偏爱去招惹别人,于是刚开始是假吵,可是吵着吵着就成真的了。这都是闲得蛋疼的一种表现。他号称自己有正当职业,但是我怀疑他根本就是MSN和QQ安插在群众中间负责聊天的。有次他和一个朋友吵架,吵得惊天地泣鬼神仿佛已经到了要绝交的地步。那人说大雁做人不宽容,总爱跟服务员发脾气,可是大雁觉得,如果天底下只有一个人配得起"宽容"这两个字的话,那就应该是他。

于是两个人在网上热火朝天地吵了起来,吵得情真意切。我吓坏了,作为一个纯朴的首都人民,我是不能够允许宁波分舵起内讧的。于是我赶紧上来调解,可是大雁和那人都顾不上我,因为还没分出胜负来。我严厉地对大雁说:"你年纪大!你要让着他!"大雁对我说:"让个P啊,我们随便吵吵的,一会儿还约了一起去吃饭呢。"……吵架,大概是宁波人民发明的一种新的娱乐形式……

大雁这个男人,有着让人羡慕的小孩子心态,可以用一种透明纯净的眼光去看世间的万物。偶有不开心或者失落,他总能找到简单的排解方式让天空重新变得晴朗起来。光这一点,我觉得没有好多年的修炼,是做不来的。我和我的朋友们时常畅想老了之后混在一起养老,其实我们都知道,几十年的道路要走,未来会怎么样谁说得好呢?大雁也会畅想他的老年生涯,他希望身边的朋友永远在,他希望老得掉了牙齿了我们都还可以聊八卦。我相信,未来对于大雁仍旧是快乐的,因为他会得到太多人的祝福。

大雁无论走到哪里,都会惦记着身边的人,他会担心 A 的感情生活,会担心 B 乱交女朋友,会担心 C 跟人打架,会担心 D 的腿总也不好,会担心我不会吃宁波的咸呛蟹。他专注着别人的生活,微笑着面对自己的人生,从来不在乎为朋友付出太多。

大雁常常对我的博客百般挑剔,不是因为写得不好,而是因为里面没有出现他的名字。他总是让我深刻检讨:"小精子!你的博客已经差不多有两个月没有提到过我了!你去死好了!"于是我就不得不提上一笔,那天的博客就会被大雁评为一百分。

我和大雁,原本是完全不相干的两个人。一个在北京,一个在宁波;一个喜欢在博客里面嬉笑怒骂隐藏所有伤感,一个喜欢用忧伤哀婉的文字吸引大龄文学青年。我写字,从来懒得去换"的、地、得",因为我嫌麻烦。可是大雁,每一个标点符号都要斟酌一番,似乎篇篇文章都打算去竞选诺贝尔文学奖。

我常常嘲笑他的博客无病呻吟，于是大雁就会咆哮："你一个毛孩子懂个P啊！我的文章，肥好伤感了，自己看看都要哭好几遍的。"我立刻反击："肥好伤感，我看你是肥好有病！"于是大雁就会哀怨地见到小奥、默默他们便讲："我好歹也是一个CFO（财务总监）呢，小精子就这么欺负我你们也不管管。"

但其实，我非常钦佩他可以写出来那么唯美的文字，有时候他一篇博客我会翻看好几遍，看着看着真会哭出来。一个可爱的男人，站在街的转角处，娓娓道来他的内心世界，有些许隐藏，有些许无奈，有些许小伤感，有些许小快乐。

上次过生日，大雁很开心，他说宁波的朋友零点时候打电话给他："你下楼去一下信箱，我们留了礼物给你。"礼物是一张DVD，里面有宁波所有朋友的祝福，或搞笑或温情。大雁边哭边笑。十分钟后，又接到一个电话："你下楼去一下牛奶箱，还有另外一个礼物。"大雁下楼，打开门时发现，十几个人端着蛋糕唱着生日歌站在漆黑的夏夜里。蜡烛光照亮了每个人的眼睛。

我听到之后眼睛湿湿的，随后突然想到，北京这边的朋友可不能这样对我，很可能我当时已经准备睡觉了，那我会衣冠不整口眼歪斜地突然出现在十几个人面前，要是再有照相的，那可真遗臭万年了。

我妈告诉我，善良的人是会有好报的，因为被祝福的次数很多。大雁是善良的，因此他会永远快乐下去。至少我这么觉得。

菜花真是个坚强的好同志

通常在周日，下午两点半我才起床，虚弱地拿起电话准备联系饭局，可是发现我又欠费停机了。真奇怪，我觉得我每天都在交电话费，怎么还停我的机？于是我不得不去了一趟国贸的银行。

我坐在国贸星巴克优哉游哉地看时尚杂志，边看边等菜花。菜花是我的大学同学，但其实我们在高中就偶遇过了，她和我一起去参加某大学的舞蹈团考试。其实现在想想，那时的我很土，仗着一支新疆舞打天下，从高中跳到大学。高三时候，仍旧凭着这支新疆舞，我被老师推荐去参加北大的文艺班选拔，而菜花，是我的竞争对象之一。菜花跳的是蒙古舞，就是挥舞着一对筷子把全身上上下下拍一遍，说句实话比我的新疆舞好不到哪儿去，因此我们纷纷落选。

想不到大学，我们竟然是一个学校的，而且都考入了大学生艺术团的舞蹈队和话剧团。舞蹈队一三五晚上活动，话剧团二四晚上活动，所以一周七天有五天晚上我都能碰上菜花。话剧团的排练最有趣，我和菜花常常趁着别人排练的时候自娱自乐，在场下模仿武林高手打架，而我最擅长的就是模仿被乱枪射死。

菜花去年因为滑雪把腿给摔断了，所以错过了我们年度MV的拍摄。我和我的好朋友们每年都会拍一个MV来作为我们自己的年度大戏，而菜花因为腿部的手术不知道耽误了多少次出镜的机会。在我们的MV字幕里，默默在菜花的名字边沉痛地加上了"因伤缺席"几个字。刚刚放好钢板的时候，菜花不甘寂寞地拄着拐跟我们走南闯北，去过体育馆到过三里屯酒吧，迎来送往了多少尊敬惊奇的目光。

菜花要买两件东西送给帮她做腿部手术的医生。关于这件事，我是反对的。价值三万块的德国进口钢板从她腿里取出来之后，连点儿声响都没听到就被医生拿走了。三万块啊！难道只买两年的使用权吗？难道钢板不应该归属病人吗？我很气愤，对菜花说："你当然要拿回来，就算你以后用不着了，万一我们有个三长两短的，还能拿来省几个钱。"但是大家一听我这么说，就都觉得还是不要钢板比较吉利。

我和菜花高兴地逛了一下国贸，然后在楼下的小火锅吃晚饭。席间我们畅谈了一下人生，菜花给我讲述了他们家内部激烈的家族遗产斗

争,听得我心惊肉跳,并且不得不慨叹,世态炎凉啊,我们实在太善良了,连块进口钢板都不好意思要回来。

我们曾经质疑过菜花带着钢板的腿是不是过安检的时候会响,菜花告诉我们:"不会!这是高科技钛合金的!"于是,她带着她高科技的钢板腿继续活跃在各大娱乐场,脸上带着骄傲的表情。她还为她的腿在手术前后照了很多照片,我都不敢看,因为惨不忍睹,非常血腥。可是菜花自己并不怕,拿着照片递给默默他们,说:"看,这里缝了二十针那边缝了三十针,刚开始用肉线缝的,但是竟然裂开了,就又用黑线缝了一次。"

我觉得,这要是在解放前,菜花一定是个好党员,被敌人钉了毒签子之后回牢房还饶有兴致地跟战友讨论:"你看,昨天那个钉进去了一厘米,今天这个钉了八十毫米,标准还不统一的,但是今天这个毒签子毒性大,半个手掌都黑了……"

菜花,真是个坚强的好同志。

开宝马三系的都是小流氓

小奥是我的好朋友，我们认识很多年了。

有一次小奥正在餐厅里和我们吃饭，突然从勺子的背面看到了自己的脸，立刻一拍大腿："我真是太帅了！"举座皆惊。然后他满意地摸着自己的脸继续夸赞："有时候我早上起床，看着镜子中的自己都会怀疑：这是我吗？这真的是我吗？！为什么岁月完全没有在我的脸上留下痕迹？"说到动情之处简直要声泪俱下。

我们身后那桌，坐着一个块头很大的女生，一直很隐忍地吃着饭。但小奥喋喋不休了半个小时，该女生终于忍不住了，拍案而起，跳起来指着小奥说："你到底说完了没有！你能不能让我把饭吃完！"

有一次小奥出差回来的时候赶上高速公路大雾，全线封路。这本来不是什么新鲜事，但是只要小奥出马，世界立刻大不同。小奥他们的车被封在路中间一天一夜，车上三名女同事一名男同事（即为小奥）同吃同睡，相依为命了一个晚上。我赶紧问小奥："那上厕所呢？"小奥激动地回答："当然随地大小便了！"于是我立刻畅想到了非常少儿不宜的场面，野地里四人连蹲，该是多么壮观呀。

小奥同学之前一直开宝马，后来突然吵嚷着要换车了，他一直在奋力地卖他的宝马三系，终于以超低价卖出。据说买方出价的时候，小奥正在充满爱心地干着什么事情，就随口答应了。后来后悔不已，但是已经生米煮成了熟饭，所以这一单成了奥总人生中唯一一次吃亏的交易。

小奥为啥不要他的宝马了呢？是因为有一次他打车上班，一辆宝马三系从出租车旁边飞速驶过，出租车司机指着车大声地说："现在开宝马三的都是小流氓！"这句话给小奥的内心造成了极大的伤害。可怕的是，我们包括他自己都很认同这种说法，于是小奥决定卖车鸣志，坚决不加入小流氓的行列。

那天小奥一边跟我吃着廉价的金翠河套餐，一边激动地抖着腿问我："你猜，我要换什么车了？"在这种经济危机的情势下，奥拓、QQ、富康、捷达等一款款价廉物美的车型飞速越过我的脑海，还没等我说，小奥一拍大腿又激动地说："国产宝马的反义词是什么？！"我立刻一拍大腿回答："进口奔（一定要发 ben 的三声）词！"

于是小奥在周末拉着我陪他去奔驰的专卖店看车。由于服务员是卖奔驰车的，所以牛得不得了，比奥总还要牛，这让奥总非常难以接受，于是两个人开始比着牛起来。

小奥当时问了很多关于修车和保修的问题，问到后来卖车小姐烦了，于是直接回答："以我多年的卖车经验，越是事儿多的车主，碰上坏车的概率越高。"这一回合，小奥输了。小奥问小姐："还能不能再便宜了？"小姐骄傲地回答："只有名人才有特殊折扣。"于是小奥面无表情地回答："好吧，我跟黄晓明还算熟，我跟他讲一下好了。"小姐步步紧逼："我们可以直接给黄晓明打电话，提您就行？"小奥回答："不用，我会跟他讲让他给你们打电话的。"这一回合，算平手。

出了店门之后，小奥紧紧搀扶着我说："我真的已经快扛不住了！"纯朴的我问："你真的认识黄晓明啊？"小奥回答："唯一的办法是，我去嘉里的健身中心等他出现后，一个跟跄扑过去抱住他的大腿说：'晓明！我是你的粉丝，我要买奔驰，你帮我打个电话吧！'……"

在博客上神出鬼没的默默

我和我的那些好朋友每隔一年就会录一个 MV，算大家对过去一年的一个纪念，这是很有意义的活动，值得推广。

每年的 MV 都是由默默来剪辑。默默是个异常聪明的孩子，就连玩杀人游戏都可以在北京的杀人吧里排名前十。默默最爱吃冰激凌，并且吃的速度快得吓人。我和默默同时买一根梦龙，我刚把外面的巧克力皮舔得七七八八，一回头，发现他已经把吃完的棍儿给扔了。对于默默而言，天下最毒的毒誓莫过于："我这辈子都不再吃梦龙了！"这个毒誓只被默默发过一回，是小奥要求默默听他讲话。

我们的 MV 推出之后，默默由于担当了 MV 的导演和剪辑工作而人气大涨，就连宁波朋友大雁都专程从美国发来贺电称赞："默默真是聪明。"其实我觉得，捧杀的风气应该遏制一下了，默默只不过算是忠于本职工作而已，又不是搞的二产。

但是默默不这么觉得，他还真把自己当聪明人了，那段时间在网络上异常活跃。有天他突然神秘地告诉我，他又开始写博客了。为什么用

"又"字呢？因为他已经博过至少两次了，在他的耕耘下，他的博客上长满了大蘑菇，长期不用的洗衣板儿也会长的那种蘑菇，被我们亲切地称为"蘑菇地"。

默默每次都会在自己人气最旺的时候到博客上去煽情一把，然后就消失在茫茫的夜幕中不见了踪影。他曾经在 MSN Space 上饱含深情地描写了他和某人之间像战友一样的同事感情，催人泪下。他也曾经详细介绍我和他从相识到相知再到相损的整个过程，并且承诺会在博客里面一一描写小奥、菜花等人，于是招惹了很多人翘首企盼着他继续讲述"咱老百姓自己的故事"。然而在一个冬天，默默的博客戛然而止，他离开了博客的江湖很久很久……

又是一个冬天，一个神秘的 ID 突然在博客上出现，他叫：默默。是巧合吗？还是息博已久的默默准备重新杀入博客的江湖跟我抢点击率？我很警惕地开始关注事态的发展。果然，没多久，默默对我说："小V，我又开博客啦！"我的内心深处，冷笑了一声。

我一点儿也不担心，因为默默的持续力量也就三天，果然今天我去他博客看的时候，他写道："鉴于俺今天晚上加班超过凌晨，且明天早晨五点多就要起床，今日决定休博一天。其实俺不懒的，俺也有一天两博的时候，大家等着吧，嘿嘿……"嗯，大家等着吧，明年春暖花开的时候，默默的下一篇博客应该能写好了。

最靠谱青年的不靠谱事件

　　当我们形容一个人靠谱的时候，就代表她已经拥有了所有的美德。豆豆就是这样。

　　我和豆豆的初次见面是在建外 SOHO 的"祖母的厨房"，我和人结交大多数是在饭桌上。豆豆靠谱地坐在那里，靠谱地介绍了自己，靠谱地答应给默默找一张打折卡，靠谱地吃了一份意粉，然后靠谱地给我们留了电话。后来她一直追着给默默那张打折卡，而默默，不愧是首都杰出青年中最不靠谱的一个人，竟然自己完全忘记了。

　　我们都说豆豆是个战士，因为每次 Party，她都会主动参加并且坚持到最后。我们的 Party 通常在晚上七点多开始持续到凌晨三点多，中间迎来送往很多人，只有豆豆，就算困得灵魂出窍了，也会保持肉体和我们在一起。因此每次小奥都会夸她是最勇猛的 Party 之王。能够让小奥夸奖的人并不多，但是豆豆是个例外，因为她有太多精神在闪光了。

　　豆豆那年十二月份结婚，我和菜花积极地报名了伴娘，因为伴娘不仅可以白吃白喝，最重要是省了份子钱！！纯朴的豆豆立刻就答应了，于是我们提前两个月就开始采购伴娘的礼服，因为裙子在冬天是不太好买的，买不到好裙子就很难去抢新娘的风头，这是我们最不愿意看到的。

在豆豆的婚礼上，她老公在讲什么事情的时候激动得哭了，然后豆豆看着她老公哭得这么激烈，也勉强挤出了几滴眼泪，但更多是把心思放在如何能让露肩礼服不掉下去这件事上。我和菜花两个人作为伴娘，穿着我们非常美丽的礼服在旁边嗑瓜子，完全没有关注她老公为什么会哭以及她的裙子是不是随时会掉下来。

我认为豆豆会是个很好命的人，因为她太靠谱了，有着非常明确的、正确的、健康的人生轨迹。大概在她漫长的人生旅途中，唯一发生的不靠谱事件，就是认识了我们这些不靠谱的朋友。

我们都有着五光十色的梦想

我非常喜欢坐地铁上班,早高峰的地铁很挤,但我喜欢站着,因为如果我坐下了,就会担心是不是有老人上车需要让座。我看到年纪大的人会主动让座,因为反正站着有利于身材。但很麻烦的就是,怎么判断人家是年纪大呢?于是有时候我会很犹豫,让座吧,人家可能不高兴;不让吧,万一人家是真老呢。

我今天坐地铁上班,照例主动站着,碰到一个小男生,东北人,戴着一个小眼镜儿,穿着一件黑色的貂皮大衣,拎着一个袋子,长得蛮可爱的,一上车就声音很大地问:"这地铁到不到建国门啊?"别人告诉他:"到。"于是他很放心地站定了。

快到建国门的时候,他拿出手机来打电话,全车厢的人都能听见。只听到他跟人说:"喂?我可能要晚点儿到啊!司机说路上下雪,很滑啊,开得很慢的!"正说得痛快,不凑巧,地铁的大喇叭报上站名儿了:"下一站,建国门。建国门为换乘车站,有要换乘环线地铁的乘客请在建国门下车……"真是该着倒霉,就是这一站大喇叭说的话多。小孩儿慌得两手乱抓，只能硬挺着还说自己在出租车上。

我在地铁上的时候很爱思考，因为没事做。我想起昨天，有个朋友问我理想的生活是什么，我竟然上来就回答："有一份好工作。"真是脑子瓦特了，既然是理想生活，要工作干吗，当然是衣食无忧天天享乐了。在地铁上，我剖析了一下我内心深处的想法，发现了很可怕的一件事情：其实我天生就是一个自力更生的小人物。

晚上吃饭，小奥问大家："如果可以让你选择，你会选择什么职业？"小奥想当一个设计师，因为他从小就很爱画画；帅帅说他想当一个话剧演员，因为其实演话剧才是他真正的梦想；菜花说她想当一个生物科学家。（菜花的想法让我非常吃惊：您的化学当初很好吗？）问到我的时候，我仔细想了想很羞涩地回答："我还是想做这一行。"我自己都很吃惊，我竟然不想当演员不想当歌星不想当作家不想傍大款，而是继续现在的生活！为什么呢？这是为什么呢？是因为我胸无大志，还是因为我其实很喜欢自由但是快乐的小人物角色？

每个人都有五光十色的梦想，我本来以为菜花的梦想会是去当一个舞蹈演员或者赛车手，可是没想到她选择了生化专家；我本来以为小奥的梦想会是去当一个歌星或者演员，可是没想到他选择了设计师；我本来以为我的梦想是做一个不工作只花钱的有闲太太，可是没想到我最终选择了继续做一个 Professional（专业人士）。

我们这些人在一起，经常谈人生谈理想，虽然只是谈谈，可是谈的过程很快乐。在人的一生中有很多遗憾，但只要目标明确，一些挫折就只是一条长路上的小小弯路而已，尽管走得累些，可沿途也有风景。

吃自助餐的要义：扶墙进，扶墙出

民以食为天啊，老祖宗留下来这样的话不是没有道理的。我们一天要吃三顿饭，谁也没比谁少吃，当然，由于我太贪睡，刻意把三顿饭变成两顿了，不过这不能改变我对食物的热爱。

王府井的金钱豹刚开业的时候，我被拉着去吃了好几次自助餐，有一次是和很久没见的高中同学们。吃自助餐的要义就是"扶墙进、扶墙出"。正餐过后我拿着两块黑森林蛋糕很费劲地落座，正准备吃呢，坐在我旁边的同学阴阴柔柔地问我："你吃得了两块黑森林吗？"这语气我听着太熟悉了，通常小奥莱花他们在怀疑我饭量的时候都喜欢这么问，接下来就会嘲笑我的多吃多占。

想到此，我警惕而激昂地回答："吃得了！当然吃得了！冲你这句话说什么我也得把它们都吃了。我这个人没别的优点，就是有骨气！"话毕开始奋力大吃。结果同学一怔之后继续阴阴柔柔地对我说："我……其实我的意思是……你能不能分我一块……"

通过这件事情，我想大概每个人身处的圈子的文化都是不同的。我身边坏人太多，于是让我无时无刻都像个斗士一样随时准备保护自己的荣誉。过了一会儿，同学起身去拿红酒，另外一名同学问她："你喝得了一杯吗？"如果换作我，我一定激动地说："当然了！"可是该同学立刻回答："拿一杯我们一起喝。"多善良、团结而且纯朴的人民啊。

那天刚吃完金钱豹，中午我就去吃了卤煮火烧，吃了很多大肠和火烧，很饱。然后晚上我和同事去吃了比萨，我明明不饿，所以以为自己只能吃一块比萨了，可结果是，我吃了两块比萨一块猪排外加一小点儿面条和四分之一碗沙拉还有两个巨大的冰激凌球。于是我几乎爬着回家，想起卤煮火烧就要吐。

那个夜晚对于我来说是艰难的，卤煮火烧的大肠一直在我脑海中徘徊，我屡次冲进洗手间想把它们吐出来，可就是吐不出来。我是一个连吃两顿金钱豹自助的战士啊！竟然被一顿卤煮火烧给撂倒了！说出去多丢人，我会被吃货队伍彻底开除的！于是我只能平躺在床上，因为只要侧卧，我就会清晰地感觉到猪大肠和我自己大肠摩擦的呕吐感，大概同性相斥说的就是这种感觉。

一定有人在笑了："小样儿，吃多了怪谁啊？还不是怪你自己馋？"对，我谁也没怪，只是遗憾大概我会有一段日子告别自助餐了。这个期限也许是一个星期，但是不会超过一个月，不过我可以肯定的是，半年内我不会再碰卤煮火烧。我决定今后吃东西谨慎一些，只吸取适量肉食，以前肉食比例占到百分之九十，现在决定骤减到百分之八十八了。但是没有关系，我是一个有毅力的人，相信过不了两天，我就会再次变成无敌神勇的大胃王。

人生何其短，全靠好安排

有段时间公司里的同事都很忙，全部四脚朝天，我也是。但是我仍旧挣扎着抽出时间来吃大闸蟹、看《浪漫满屋》和《海贼王》。人生何其短，全靠好安排！

我的朋友们都知道我对大闸蟹有着无穷尽的向往，所以一到秋天就会在吃蟹的时候想起我。我和猴子认识就是因为他妈妈从上海给他带了十好几只大闸蟹，他突然想起我来，就盛情邀请我去他家吃。那个时候，我们互相没见过，他完全只是看了我的博客而知道我爱吃蟹，而我连他是男是女都不知道。在这个尔虞我诈的时代里，只有大闸蟹宴是真诚的！我连想也没想就打车去了他家，和七八个完全不认识的人一起吃了一顿大闸蟹。

还有个朋友，每到国庆节都会带十斤盘锦河蟹降临我家。如果以一只蟹三两多来算，十斤蟹应该有三十只哟！通常只有四五个人吃，而有些人还只吃一两只！每当这时，我小宇宙大放光彩的时刻就来到了！

盘锦河蟹和阳澄湖的大闸蟹在口味上没什么区别，不过便宜多了，

阳澄湖三两半的母蟹至少要八十多块一只，但是盘锦河蟹七十五块钱一斤，一斤至少三只，当然这是熟人的打折价格。朋友送过来的螃蟹一般都三十多只，用来众乐乐很合适。但我一不留神就吃多了，有一次竟然不知不觉在一天半的时间里吃了二十只。痛定思痛，我决定把剩下的十三只螃蟹用来招待朋友。

可是十三只太少了，我纠集了大概一共七个人一起吃，一人连两只都分不到，为此我很苦恼。这时，善良的豆豆，头顶盛开着巨大的光环出现了，她说，她可以去海鲜市场再买些回来。于是豆豆又买了二十二只母蟹。豆豆真是太善良了，酒足饭饱后大家散去，她钱也忘了收……

菜花在我家慢条斯理地调制了她家传女不传男的秘制螃蟹调料，香气四溢。之后她便稳稳地坐在餐桌上最靠里的座位上，一夜无话，一直保持着同一个剥螃蟹的姿势。

当时的大闸蟹还不是太好，有点小，但是很多已经都满黄了。大家都吃到了满黄的蟹，只有豆豆，手气非常不好，挑到的螃蟹都是没黄的，但是外表看都没什么区别。因此，每当她拆开一只蟹，看到里面有一抠抠小黄的时候，都会欣喜得大叫，然后把这点儿小黄伸到每个人的鼻子底下显摆。这时，我和菜花就会相视一笑，然后用餐巾纸轻轻盖起自己手上满黄的螃蟹。

小奥也来吃螃蟹了。开始小奥本来想多吃多占，后来知道螃蟹平均八十块钱一只的时候，就说什么也不肯再吃了，甚至刚才吃过的，也想借口黄不满或者肉不鲜而不付账。蛋蛋只吃了两只螃蟹，他主要的任务是负责给大家沏茶。他花高价在新光天地买了一套茶具，后来在大森林市场发现，好得多的茶具才需要三分之一的价格。大森林市场目前在蛋蛋心目中是个很棒的地方，卖他最喜欢三样东西：茶、植物、鱼。

于是我们吃完了三十五只大闸蟹，我还自己煮了一碗乌冬面，然后喝着蛋蛋泡的乌龙茶，心满意足地迎来了中秋节。

有一年在中秋节前后出差到了上海，当天就去了王宝和吃蟹宴，两只膏肥黄满的大闸蟹外加一桌子蟹做的菜。当时我的状态很不好，感冒症状很明显，嗓子很痛，两只螃蟹下肚之后竟然有点儿饱的感觉。可是之前因为自己和上海的同事们自吹自擂得太厉害，所以谁也不相信我已经吃饱了，大家继续把我拉到金缘蟹王接着吃。

金缘蟹王之所以有名，不是因为蟹好，而是因为主人家养了两只泰迪熊，又乖又可爱，一只坐在椅子上叫 Jerry，一只趴在笼子里叫 Mini，还有只好看的小猫儿叫 Tom。主人说 Mini 一旦觉得闷了，就会把 Tom 叫过去，并且授意 Tom 吃它的狗粮，代价是 Tom 要陪 Mini 玩一会儿。所以我看到 Tom 过去吃狗粮吃了几口之后，就和 Mini 彻底扭打在一起。而 Jerry 的主要任务就是让人摸，每天都被摸得七荤八素的。

和这些专业吃蟹的地方相比，上海还有一个地方我每次必去，就是铜川路。国庆过后，公蟹的膏已经初长成了，香香厚厚的一大坨。我当时又带病吃了四只,后来因为体力不支差点晕倒。就这样,我带病吃蟹的动人传说迅速传遍了大江南北,我因此一病不起三天没能好好吃饭。

北京也是有蟹宴的,一毛老师作为吃货大神总是很慷慨地邀请我去吃蟹。把蟹肉剔出来然后一勺一勺舀着吃的感觉实在太让人感动了,我边吃边哭。蟹宴的工作人员对我说:"小姐,我看您特别爱吃蟹,每次厨师都吃惊,这是谁点这么多啊。您把电话留下,十月份来,我给您留几只好蟹。"真是赞啊!

在吃螃蟹的过程中,我感慨万千。

有一年,我们组织在菜花家吃螃蟹,一行七人去水产市场买。螃蟹是我们一只只挑的,三十多只个个儿都是肉肥膏满。卖螃蟹的说:"我给你们绑起来,这样放在锅里好蒸。"真是好心人,于是在他绑螃蟹的时候,我们纷纷去参观其他水产品。

到了菜花家,我们欣喜地把螃蟹们在锅里码放整齐,发现螃蟹们异常安静,于是我心里面有隐隐的担心。十五分钟后,我们正襟危坐,怀着崇敬的心情打开了锅盖。哇!真不是盖的,臭螃蟹味儿迅速充斥了屋子的每一个角落。那个死卖螃蟹的,趁着我们参观水产品的工夫把所有的螃蟹都掉包了,竟然一只好的都没有给我们留。

你们一定没有体会过望着三十多螃蟹但是不能吃的那种感觉,一直以来的期待全部成为灰烬,我当时杀人的心都有了。最惨的是菜花,家里的臭螃蟹味儿一个星期都没散干净。

一毛讲话的声音把我从以前的悲惨世界拉到了美好的现实。他正在呕心沥血地讲他的恋爱史和人生观,声泪俱下地控诉他近年来的悲惨境遇。就连端茶倒水的小姐都被吸引了,一直聚精会神地在旁边听着,久久不肯离去。我边吃螃蟹边怜悯地看着一毛,同时不断理解地点着头。

今天去超市选购我热爱的乌冬面：
冰 柜
突然间被眼前的一幕惊呆了！！！
?啥!
大闸蟹专柜……被撤销了……
以前这里：
公蟹198
阳澄湖出品
大闸蟹季过了，下一个……要等好几个月……失落ing…

一毛太厉害了，悲惨的境遇完全没有打压住他热爱生活的决心，竟然把我实在吃不了的三分之一盘蟹肉也给吃掉了。

酒足饭饱之后我觉得，大概我两天不会再想螃蟹了。可是我错了，我对螃蟹的欲望大大超越了理智，从今往后，我的季节不再是春夏秋冬，而是，螃蟹季和没螃蟹季。

这人唱歌还没我好呢

我爸爸是这个世界上最五音不全的人,但是这并不会妨碍他是一个音乐爱好者。我爸爸唱歌不行、嗓子不行、音准也不行,但是还特爱挑歌星的刺儿,谁都看不上眼。他常常挂在嘴边的一句话就是:"切,这人唱歌还没我好呢。"

我爸对于流行音乐的第一次接触是源于"主打歌"这个新生的名词。有段时间电视上出现的所有歌手都会告诉大家:"我这张专辑的主打歌是……"我爸一听这个词就乐得跟花儿似的,上蹿下跳地在家里指着电视跟我和我妈说:"主打歌,哈哈,现在歌手出的所有歌都是主打歌,赶明儿我也出一个。"对于所有的新生事物,我爸都会表现得很激动和兴奋。

我爸对于流行歌曲基本持否定态度,但是他有次出差去外地带了我的一个单放收音机,本来打算闷的时候听听广播,但是我的单放机里放了一盘陈淑桦的磁带,就是《梦醒时分》那盘。我爸听了一个多月,回来之后一直念念不忘,发自肺腑地对我说:"真好听,还有没有别的了？那盘我都听烂了。"于是我特地给了我爸一盘《杨佩佩精装大戏主题曲》，我算看出来了，我爸就喜欢听俗歌，越俗他越喜欢，什么《爱江山更爱美人》或者《刀剑如梦》之类的电视剧主题曲最能打动他的心。

我爸曾经沉迷过一阵儿KTV，总是嚷嚷着让我带他去钱柜，去了钱柜之后就闹腾着点歌。其实很多歌都是感觉上自己会唱但是其实根本不会。比如，有次他好不容易找到了一首《酒干倘卖无》，对我说："这个我会！我会！"但是其实我爸对于这首歌的"会"只是局限于高潮部分："酒干那倘卖无，酒干那倘卖无"这两句而已。前奏一放出来，压根儿没听过，我爸坚持告诉我不是这首歌，说我放错了，直到高潮部分出现，他才抢过麦克风赶紧唱了两句。如此这般几次，我爸就逐渐对KTV失去了兴趣。

这些日子我爸正在研究手机，好不容易会发短信了，就开始研究彩铃，给我发了一条短信："彩铃是什么东西？怎么玩？"我本着对我爸无敌的了解并没有直接回答他的问题，而是回了一个短信给他："彩铃要每个月交五块钱。"然后我爸就杳无音信了。

老白是一辆屡修屡坏的破吉普

老白是蛋蛋的一辆屡行屡坏、屡坏屡修、屡修屡行的破吉普,最善于干的事情就是以各种匪夷所思的方法把我们撂在路上,比如离合器踏板断裂、一轴断裂、轱辘掉了,等等。但是蛋蛋非常袒护这辆车,因为是他亲手攒的,他把每次事故都看做是意外情况。其实我们都知道,每次出行老白必坏,只是不知道会坏在哪里。

有次去坝上骑马,我们正斗志昂扬地走在回家的路上,想象着回城吃消夜的美妙情景,突然只听到一声钢板撕裂的声音,车在山谷里的羊肠小道上戛然而止。我跳下来车一看,右前轮平躺在路边,静静的,就好像在那里已经躺了一千年。

坏车之后,蛋蛋最善于做的事情就是把破罐破摔的革命精神发扬光大:他立刻往车里一躺,直接准备在深山里过夜了。我不行,我是个白领,多么可怜的破白领,周一还要开一堆会呢,于是我开始蹿上跳下地用小宇宙呼唤神的出现,逼迫蛋蛋冷静地走了一公里路到附近的村子去寻找救援。

大概在二十五公里以外的百草镇有个修车铺,修车师傅说,他们大概二十分钟赶到,结果两个小时之后,天全部黑了,漫天的繁星铺满苍穹,我和蛋蛋还各看到一颗流星划过天际,速度快得我来不及许愿,还有一个身上背着狍子的老猎人和一个农户牵着一头隔半个小时就哀号一次的驴经过,就是不见修车师傅的身影。

两个半小时之后,车外气温降到五度,蛋蛋只能穿着短袖和短裤在车外修车自救,我在车里继续用小宇宙呼唤神的出现,顺便睡着了。这个时候,天边突然出现了一辆闪着车灯的小面包,三个修车师傅如神兵天降般降临了。修车师傅是个可爱的小碎嘴,手底下活儿很利索,蛋蛋一直在控诉自己的遭遇,他听了之后对蛋蛋说:"不要慌,慌什么。"然后转头对另外一个修车师傅说:"他慌了。"

一个小时后,车修好了,我们都很高兴,并且要求修车师傅开着小面包走在前面,把我们带出大山。这个要求太明智了,因为我们一共走了两个小时才出去,途中老白成功地又坏了一次。修车师傅的小面包,就好像是七龙珠里面龟仙人的那辆小面包,充满了安全感。

和修车师傅道别之后,毫无悬念地,我们又迷路了,早上七点钟才到北京城里,回到温暖的家。

瞒天过海的老爸

我妈特别珍爱我们家的户口本，其实我觉得这东西就是张纸，丢了我还就没有户口啦？但我妈就是认为户口本丢了也就是把户口丢了，非常大件事。所以每次我把户口本拿出来的时候，我妈都千叮咛万嘱咐要收好。我呢，也特别争气，果然把户口本给丢掉了。这件事情我只告诉了我爸，没敢跟我妈说。因为我始终觉得，我跟我爸在丢东西的问题上是同病相怜的。

我爸曾经丢过一只手机。

有一天，我接到我爸一个电话，但是电话号码我没见过。我爸说："我跟你讲呀，我把手机给丢啦！在公共汽车上被人偷了！"听声音一点也不沮丧，反而很兴奋也很激动。然后我爸跟我说："别告诉你妈，我又买了一个手机，号码也换了，如果她问，我就会说是你帮我换的，因为以前那个号码不好。你可记住了别穿帮。"不知道我爸是琢磨了多久想出来的这个方法，不过可以肯定的是，在刚刚发现手机丢掉的那段时间，我爸一定是经过了较长时间的心理斗争和恐惧的。

于是我下午又给我爸的新手机打了个电话,我爸接电话的时候很沉稳,我问:"你的手机是什么的?"我爸支支吾吾的,嗯了半天,含糊地说了一句:"一样呀。"于是我问:"您在家呢?""对。""我妈在旁边呢?""对。"于是我识趣地挂了电话。

晚上回家,我又偷偷地问了我爸,我爸兴奋地跟我耳语:"我买这个手机花了八百五!"并且趁我妈不在拿出来给我看。我一看,跟以前我给我爸的那个一点儿都不一样,于是我惊了,这不是很快就会被发现了?我爸眼中洋溢着激动的光芒得意地跟我讲:"你妈糊涂着呢,她发现不了!"

我又琢磨了琢磨,问我爸:"号码换了这件事您跟我妈说了吗?"我爸鬼鬼祟祟地"嘘"了一声说:"别告诉她,什么时候她发现了再说。""啊?那我妈要是给您打电话的话不是立刻就发现了?"我爸又开始得意起来,骄傲地小声讲:"我把你妈的电话号码本已经给改了。"并且拿出来给我看,我看到电话号码本上我爸用涂改液非常小心地改了号码,不仔细看根本看不出来。

大学教授就是大学教授,这么一点小事儿我爸竟然可以做得如此天衣无缝,可见是下了番苦功的。我爸也为自己的安排扬扬得意,而我妈,至今被蒙在鼓里……

别以为动物听不懂人的语言

　　我曾经和同事有过一次争论。我在电视上看到一个叫罗红的摄影师说:"非洲,是世界上唯一幸存的、动物和人和谐相处的地方,非洲人即使去领救济粮,也从未想过射杀离他们仅有几步之遥的斑马或者羚羊。"我听了很感动,把这件事告诉了同事,想不到她竟然说:"那是因为非洲人不知道该怎么射杀斑马或者羚羊,知道了也照样吃。"

　　我听了之后彻底晕倒。难道就因为我们这里天天都有人射杀野生动物,所以非洲人对动物的宽容就应该是"不会"而不是"不想"吗?!这真是一个具有中国特色的想法。

　　我很喜欢动物,并且愿意去帮助它们,尽管我所能做的,也许只是收养流浪猫或者喂流浪的动物一些吃的。曾经有一次,在我家楼下有一只白色的小流浪猫总是跟着我叫,好像饿坏了。我当时什么吃的都没有,于是我蹲下身对它说:"你等我一下,我去超市给你买猫粮。"它好像听懂了,一直尾随我到了超市。我迅速冲进去,买了一袋猫粮、一个小碗、一瓶水。出来的时候它还在,乖乖地等在门口的石墩子后面。于是我赶紧把猫粮撕开，把水倒进小碗。小猫儿饿虎扑食般冲了过去，直到我离开都没有抬过头。

后来出门，我包里总会揣着一小包猫粮，一猫份的，带着也不沉，但是心里会很踏实。

我总觉得，别以为动物听不懂人的语言，它们只是不屑答理我们而已，其实心里明白着呢。比如我妈一直养的叫毛毛的猫，坏得很。我是在一个花鸟鱼虫市场碰到它的，颤巍巍躲在小笼子里，跟其他四只小猫儿挤在一块儿，闭眼皱鼻趴在那里，一副心事重重的模样。我看到之后总觉得，这只猫之后必成大器，于是以八块钱的高价买了下来。

后来毛毛真出息了，不仅仅会开门，还酷爱开我妈家所有的抽屉。弄得我妈每次回家都以为家里遭贼了，因为所有物件人仰马翻地摊在地上，所有抽屉也都被拉开，然后毛毛瞪着大眼睛得意地坐在一堆破烂儿里，看到我妈怒气冲天地冲过来，立刻翻身上衣柜，而我妈只能眼巴巴地站在地上骂。

在我妈家楼下，有一个用砖头和三合板搭建的简易小房子，专门用来收留流浪的小动物，让它们在寒冷的冬天和风雨的日子里能够有个栖身的地方。这是院儿里的老人搭的，老人们还会隔三差五去小房子看看，给那些小动物喂点儿吃的。

我曾经看到过这样一幕，一个老奶奶带了一小袋火腿肠去小房子，人还没有走到，已经有几只猫出来迎接了。它们并不急于要吃的，而是默默地蹭蹭老奶奶的腿，贱贱地叫两声。火腿肠放在那里之后老奶奶准备走了，几只猫于是送她，老奶奶边走边说："别送了，别送了，去吃吧。"猫们才依依不舍地回头。老奶奶看我一直在旁边看，于是对我说："我儿子都好久没来看我了，还没有和这些猫有感情。"这句话一出口，本来就很感性的我立刻泪流满面。

我自己在家里养了一只猫，三缸鱼。

猫啾儿是我一个朋友捡的猫，而且还是在青岛捡的。那个朋友也是爱动物的人士，看到小猫儿跟着她不停地哀号，一不忍心就收留了。可是她因为各地出差，根本没有能力养，于是央求我照顾这只猫。事实证明，这是一只好猫。在给它打疫苗的时候顺便做了一个血缘鉴定，鉴定结果让人大跌眼镜，这竟然是一只纯种的狸猫种，市价不菲。我估计，这一定是富贵人家的孩子，不小心流落街头，被我们捡到了。

其实猫啾儿刚开始没在我这里养着，而是给了另一个朋友。在和他的交谈中，我发现他并不喜欢小动物，要来只是为了解闷儿，一会儿抱怨猫叫，一会儿抱怨猫掉毛儿。我听过之后立刻毅然决然地要求他把猫给我来养。动物其实不是单纯用来解闷儿的，一旦你决定养它，就要抱着"不抛弃、不放弃"的决心。

猫啾儿对我家的鱼很感兴趣，说句实话，鱼比猫可难养多了。我家的鱼属于短鲷，有的来自南美，有的来自西非，都很金贵，对水质、温度、饲料要求很高。建立起一个和谐鱼缸跟建立起一个星球道理是一样的，要先养水，再养草，最后放鱼，还要配合过滤器、灯照、温度调节棒等诸多高科技的器具。

有人可能觉得，鱼是用来看的动物，不能交流，那可就错了。我家的鱼和我交流非常密切，如果我把手伸进鱼缸，它们都会凑过来，我还可以去碰碰它们。猫啾儿也会凑过去，激动地用小爪子抓抓鱼缸的缸壁，把小鱼都吓跑了。其实有一次，一条小鱼不幸被它捞出，当时我不在家，回家后发现小鱼暴尸地板，然后猫啾儿躲在远远的窗帘后面露出一只眼睛观察，貌似无限愧疚，之后它就再也不捞小鱼了，最多只是在

每天，我只要路过猫咪小心的身边，它就会看着我

然后用手去抓我的脚踝

我就会转身去抓它，它就会仓皇逃窜

（不好意思，桌子画高了……）

缸壁上拍打两下。

动物都有记性，包括老虎和狮子。我看过一个短片，讲的是两个年轻人曾经收养了一头幼狮，后来幼狮渐渐长大，不能在家养了，于是他们被迫送它去了非洲的一个野生动物园。两年后，两个年轻人去野生动物园看它，它已经成年，大家都认为，它不会认识这两个年轻人了，只有年轻人自己很自信。画面里，狮子正在闲庭信步地溜达，突然看到年轻人，稍微顿了两秒钟，随即飞奔到两个人跟前扑上去搂个不停。我非常非常感动。

小时候上课，老师教育我们："人类要征服自然、改造自然。"现在不这么说了，因为人类越来越发现，和自然抗争必然以失败告终，唯独和自然和谐相处才是生存的王道。

远古的动物经历了四个残酷的冰河季，前三个冰河季几乎没有动物灭绝，而第四个冰河季结束后，大量物种灭绝。是因为第四个冰河季有什么不同之处吗？不是，专家做了一个比较，唯一的区别是，第四个冰河季出现了人类。

如果地球上只剩下人类，我们会感到深深的孤独，而忏悔，是没有用的。

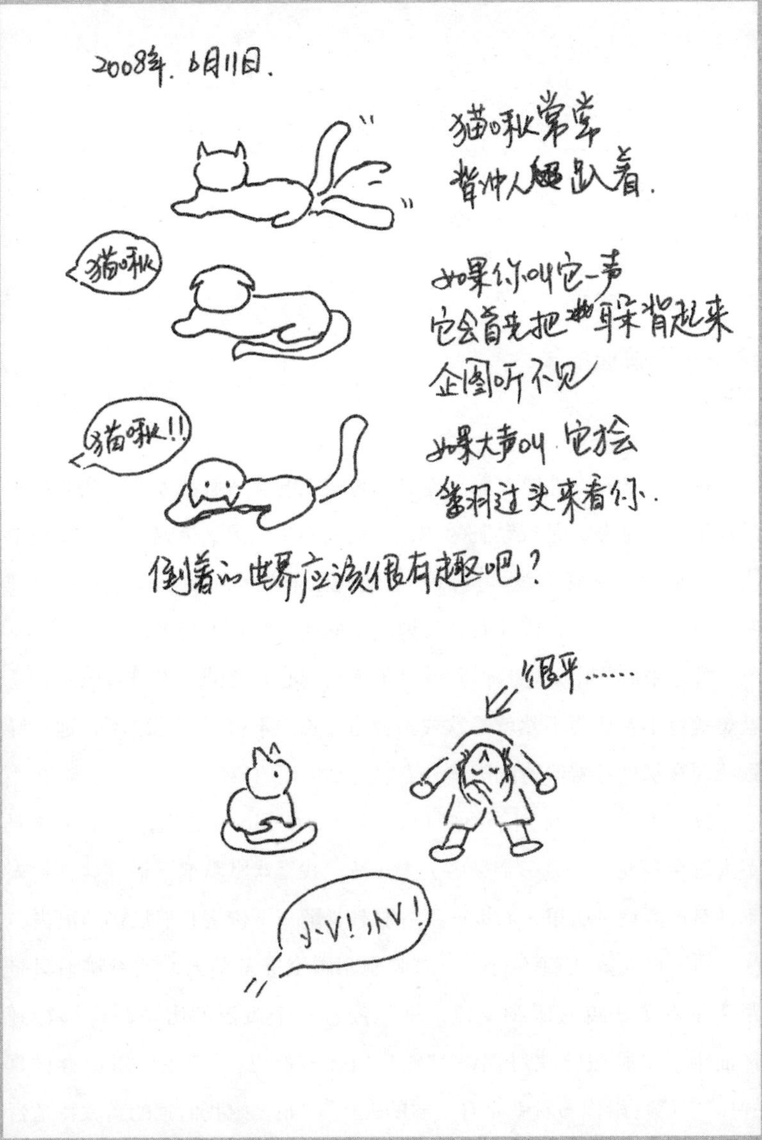
2008年.6月11日.
猫啾常常
背冲人趴着.
猫啾
如果你叫它一声
它会首先把耳朵背起来
企图听不见
猫啾!!
如果大声叫 它会
翻过头来看你.
倒着的世界应该很有趣吧?
很平……
小V!小V!

这是一个普通的周六

我一直没有一件厚衣服，连一件长一点的羽绒服都没有。我心目中的绝世好羽绒服，是很禁脏的颜色，但又不是纯黑，带帽子，帽子边上还有一圈毛，瘦瘦的款，虽然是羽绒服但是并不臃肿，长短刚好到屁股，有两个大兜儿，能让我神气地双手插兜儿走在大街上。

看起来似曾相识吧？但我就是买不到称心如意的，不是号码不合适就是颜色不合适要不然就是款式不合适、长短不合适，总之不合适，导致我现在都还穿着薄薄的呢子外套。

我去逛商店，特别不爱进 Only 和 Vero Moda 的店，一个是衣服不太符合我要求，另一个是店员太热情。我喜欢默默地、低调地、趁人不注意地溜达进店里，看准一件衣服赶紧翻一下价签儿然后迅速离去。

到了这两家店就不行了，右脚刚刚腾空准备踏入，或者哪怕只是跟店里有了一点儿眼神交流，就已经有三个饥渴的店员幻影移行到你面前，一脸假笑地对你说："姐！姐你真瘦也！""姐！姐你身材真好！""姐！姐你一看就是有气质的人！""姐！姐我们家的新款特适合你！"这真是一个找回自信重新做人的好地方。

而且我发现她们的店员都很会变魔术。我拗不过她们于是可能随便拿一件衣服去试，想着到时候推托不合适就赶紧高雅地走开。结果出了更衣室之后，我对店员说："不合适，谢谢。"她会迅速从背后拿出一件衣服来："姐！您再试试中号的！"或者："姐！您再试试短款的！"或者："姐！您再试试白色的！"

要么就是，我正在照镜子，还没有挑出毛病来的时候，她已经在说："姐！姐你腿真细也！""姐！姐你脸白配这个颜色刚刚好！""姐！一般人都穿不了这件衣服，款太瘦！"旁边别的店员也会随声附和，让我欲罢而不能，所以路过这两家店的时候我会低头快步走过。

有个周六晚上是和北京杰出青年们在松子吃饭。小奥、小贾、菜花、豆豆、默默、千千等人拨冗出席，话题主要围绕着小奥家房子的装修。其实我对这个话题一点兴趣也没有，但是这个世界上，没人能拦得住小奥说话。他从地下室讲到了三楼主卧，从洗手间的水晶大吊灯讲到了客厅的中国书法真丝壁纸，声音响得震耳欲聋。中间只有十几秒的休息时间，因为他在考虑究竟是吃寿司套餐饭还是吃鱼生套餐饭。

一顿饭下来，我们都很疲惫，因为小奥除了自己讲话以外，还会跟你有颇多交流，一会儿诚恳地拉着你的手问："你觉得，我买个黑色玻璃面的餐桌好不好？"你正在认真思考还没有回答，他已经把头扭向别人继续叫嚷："我会把黑色玻璃面的餐桌放在竹编壁纸的旁边！多么好的设计啊！"

在小奥面前，能说会道的默默、菜花等人都变得很沉默，我现在一下子能想到的场景是：大家都在神情疲惫地低头吃饭，小奥脖子上挂着闪亮的阿童木项链、挑着粗眉毛、高昂着头颅挥舞着手臂讲着："我妈

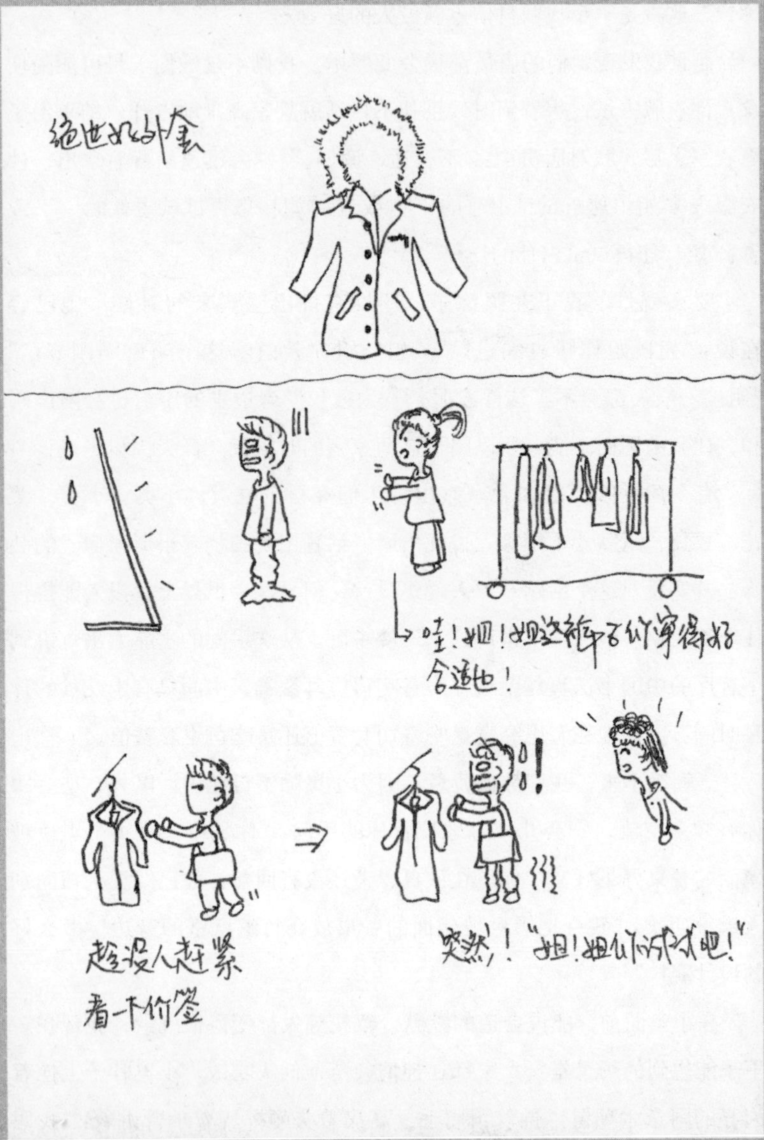
绝世好外套
哇！姐！姐这袍子你穿得好合适也！
趁没人赶紧看一下价签
突然！"姐！姐你试试吧！"

在院子里栽了一棵柿子树,到了秋天就能结出石榴来了!!"……

饭后,我们去了3.3旁边的Bar Blu,那里有个露台,可以喝酒看星星,露台上还有三台大暖炉,所以即便是春天的晚上,也不会觉得冷。和我们同行的,还有两位摄影师朋友。小奥跟这两位摄影师朋友并不熟,但是这并不能阻挡他给他们讲自家装修的热情,尤其是当小奥得知其中一位经常给时尚家具拍照的时候,热情更加如火般喷发出来。

我很喜欢那个露台,音乐从屋里传出,坐在位子上也能一眼望到很远。小奥也喜欢那个露台,而他想到的是:"我可以把我家的楼顶也设计成这样!"蛋蛋出的主意更加贴心:"露台不好玩,不如你把三楼房顶卸了,灌满水做个露天游泳池吧!"……

摄影师在拍照,小奥在讲话(永远在讲话),默默在发短信,小贾和菜花在私语,豆豆和蛋蛋在讨论下一个周末去哪里玩,我遥望着天空在发呆。多么好的周六啊。

爸妈喜欢出去玩

我的爸妈特别喜欢出门旅游，作为两个高龄的老人，他俩对于旅行的热情绝对不仅仅停留在苏州、杭州这类普通的旅游景点。我爸曾经在将近七十高龄的时候只身去了一趟西藏，旅途中还发回各种他即兴写的、赞美西藏风景的小诗。

我的老爸老妈还是很让人省心的，状况只出过一次。

有一回，我爸妈去了上海玩。没过多久，我周末接到爸爸一个电话，早上九点多打的。本小姐周末流行睡到自然醒，接到如此早的电话本来一肚子的火气，但是我爸爸用非常谨慎的声音跟我讲："我们在上海把身份证、机票和钱都丢了。"我一下子就清醒了许多，赶紧问："谁干的？"其实我是想问是不是被偷了还是落在哪里了，不想我爸爸立刻趾高气扬地说："你妈！"

原来，他们把所有证件和机票都放在了一个腰包里，我妈把腰包往身后一背，就和我爸出门吃生煎包了。等到付钱的时候才发现，腰包的拉锁已经被拉开，里面所有东西都不见了。他们用身上仅剩的零钱支付了生煎包的钱，回到酒店后给我打了电话。这之后，我妈就开始异常小心，每次出门，钱必然分在几个贴身的兜里装着。

我爸妈出门旅行都是跟团，因为方便。既然跟团，就必然会被旅行社安排到各个购物地点去购物。但是我妈自觉很鸡贼，每次回来都要跟我复述她侥幸没有被骗的经历。可是她意志不坚定，多少都会受些影响。

有一次他们去一家寺庙，庙里有个和尚免费给人算命。一听到免费几个字，一般人都会去算。我也算过一次，算命是免费的，但是如果命里有劫那你可就要烧高香了，一炷高香三百块，不烧的话，那你或者活不过今年或者出门被车撞或者父母身体有恙，自己看着办吧。我妈也去算了，和尚说："哟，你的子女，出门要当心啊。"一问，"烧三炷高香可解"。给我妈气坏了，没有烧，回来跟我们讲："我不信，我的女儿！命好得很！"末了，眼神闪烁地对我说："反正你出门还是小心点。"

还有一次被带到一家珠宝店，店里蹿出一个操着浓重广东口音的"北京人"，拉着我爸爸的手说："大舅！您是我大舅！我这里的手镯，便宜卖！"我妈凑过去看了一下，发现玉镯都是上万的，扭头就走，叫舅姥姥也没用。不过，后来四万的手镯被压价到了四百，我妈立刻高兴地买了一只回家，至今放在盒子里没有戴过。

我其实经常跟我的朋友们讲，要让爸妈多出去玩，不要总在家里待着。看我这一对老爸我妈，每天都心情愉快性格开朗，去了欧洲去台湾，不仅身体好，而且脑子也灵活。我妈时常写一些打油诗给我发过来，我打算都收集起来，将来给她出个专辑，就叫《老妈的打油诗集》。

带着猫啾去看病

有段时间猫啾病了,症状是吃什么吐什么。奇怪的是,它的精神头儿和食欲都很好,吐了之后就满不在乎地一抹嘴儿,又屁颠儿着跟着我要吃的。

总归不能这么吐下去,于是周六的时候我带着猫啾去了宠物医院,拍了一张片子。医生说它大肠里塞满了东西,可能呕吐是由于便秘导致的……猫啾很不喜欢在医院里,瘫软在床上嘴里发出"呼呼"的声音。

我抱着它从 X 光室里出来的时候,惊人地发现有一只大白熊(狗)安静地趴在地上好奇地看着猫啾。猫啾在我怀里缩了一下,我能感觉到它小心脏嗵嗵跳动的声音。但是,猫啾并没有表现出害怕,反而吹起了胡子,"呼噜呼噜"地发出貌似很凶猛的声音。大白熊安静地看着它,根本没有答理。

最后医生要给猫啾打三针,最后一针好像很疼,猫啾"嗷"的一声叫一下子就蹿了起来,张牙舞爪地扑向众人,最后被三名医生按倒在地。医生拿着它来时蹲着的小篮子对它说:"这是谁的窝呀?进窝窝走

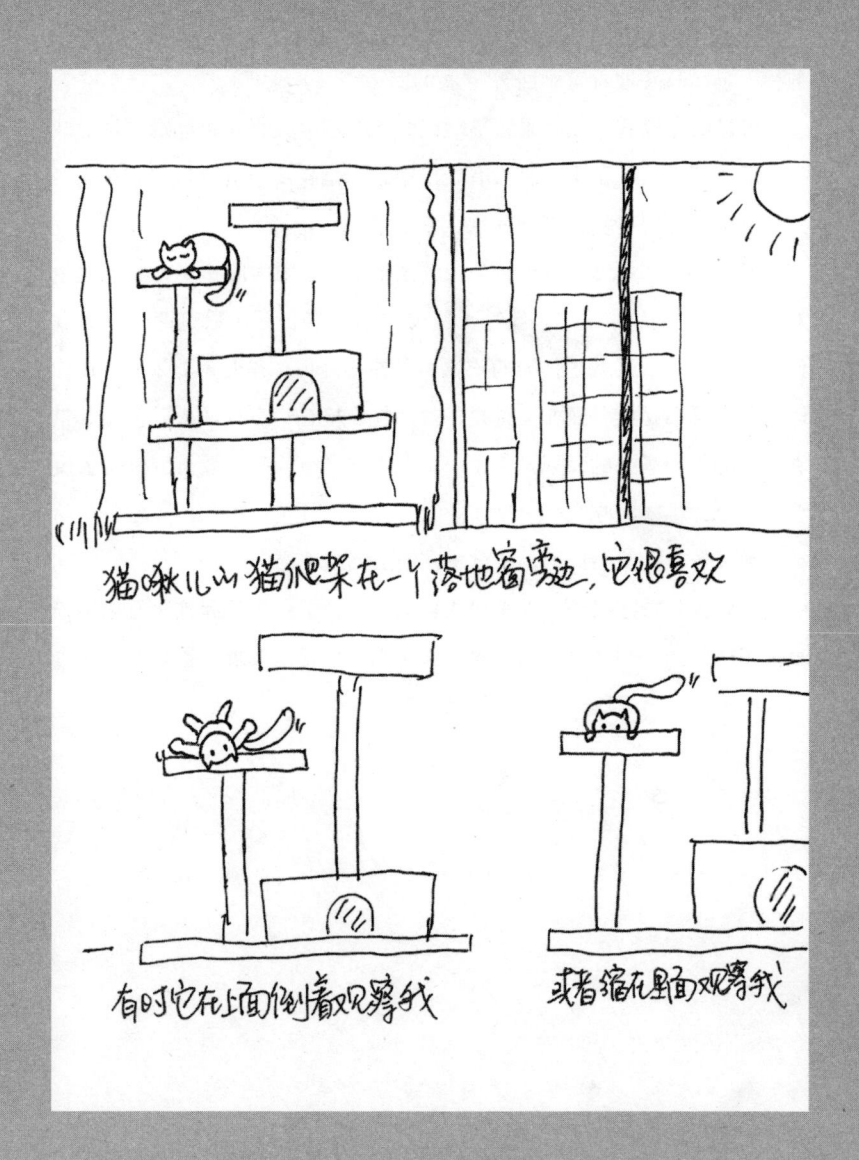

猫咪儿山猫爬架在一个落地窗旁边，它很喜欢

有时它在上面倒着观察我

或者缩在里面观察我

啦！"猫啾哀怨地看着她回答："我的窝……（音译）"

可是治疗没有什么效果，猫啾仍旧吐个不停，我开始怀疑它是毛球症，毛球堵在了肚子里一直没有吐出来。于是我要求蛋蛋带着它在周二到另外一家医院看病。惨剧就这么发生了……

闲言碎语不用讲，就讲讲最后的结果吧。猫啾大闹诊所，所有医生对其进行了追捕活动，并且对我说："这么多年行医，只有两只猫是我们抓不着的，一只就是你家的猫啾，另外一只叫'齐天大圣'。"哼，你以为我家猫啾是虚胖哪？关键是，最后什么检查也没有做成，蛋蛋却带着浑身的伤和满心的哀怨回来了……双手被猫啾咬破需要打五针狂犬疫苗，一个月不能大吃大喝……

蛋蛋坐在沙发上抽烟，猫啾趴在地上沉默不语……

最后我一看这架势，看来得我自己上了，于是我抡起袖子直接给猫啾灌了一片药一勺化毛球膏，第二天早上就欣喜地发现，猫啾拉出了带毛儿的大条！

生死老掌沟

老掌沟这个地方，也不知道好在哪里，蛋蛋的朋友以及蛋蛋本人都非常热爱，隔一段时间就要去一次。那里夏天还可以骑骑马，到了十月份，晚上就直接零下二十度了。而且，每次去老掌沟都是一次惨痛的回忆，不是蛋蛋的车把我们撂在路上，就是蛋蛋把我们撂在路上……

这次蛋蛋又神气地带着另外两辆车出发了，一辆车上坐着笨笨及其老婆，另一辆车上坐着老聂及房祖名。对，你没看错，房祖名。这是一个人的绰号，因为他不幸长得太像房祖名，所以还被人当街拉在一起照过相。

笨笨及老聂、房祖名等人对蛋蛋非常信任，因为他们知道蛋蛋去过十几次老掌沟了，对那里很熟悉。只有我，对老掌沟虽然不熟悉，但是对蛋蛋非常熟悉，所以对此行有着深深的担忧。蛋蛋上车后就抱着一本厚厚的地图开始研究，因为他没开自己的车，因此车上没有 GPS，他在北四环还能迷路呢，竟然就要带队去老掌沟了。

一路上，我都很揪心，每当我看到蛋蛋迷惑地望向前方的时候，都有种要跳下车的冲动。与其在县城里过夜,总比在山里和狼一起过夜好吧。终于,蛋蛋脸上露出了释然的笑容,进了山路,并且冲上了一个渺无人烟的大坡。在电台里,蛋蛋激动地宣布:"我们上坝头了!"

理论上来说,冲上坝头之后再下去,就是老掌沟林场了。不过这只是理论上说,因为冲上所谓的"坝头"之后,蛋蛋四处张望了一阵就惊惶地跳下了车,对大家说:"我头一次来这个地方!"……

最终笨笨忍无可忍打开了自己的 GPS,发现蛋蛋走了一条非常复杂的越野路线,基本人家两次才能走完的一条路线,让我们一天都给走了,于是晚上七点才到达老掌沟林场的老章家。蛋蛋的可贵之处就在于,每次都会走出一条全新的路线。

老章家有两条狗和一只猫,我一直在和它们玩,因为老章实在没什么好玩的。

老章之前还养过一条纯种的苏联红狗,老聂恰好也养了一条苏联红并且宠爱有加视为掌上明珠。后来老章告诉他,由于苏联红咬死了他四只羊以及三十多只鸡,所以不得不送人了。我立刻看到了老聂眼神中的恐惧,他的儿子还很小耶。我又望了望坐在老聂车上的苏联红,发现它也正威严地望着我,我就赶紧躲起来了。

就这样,我百无聊赖地度过了一个寒冷的夜晚,外面还有一条凶猛的苏联红。

吃货是一种生活态度

一毛老师，又名毛尚宫，很爱做饭，他曾经招待我吃过一次牛肉面，非常好吃。后来又招待我吃鲍鱼，据说进口自日本，整个制作过程需要一个星期，用西班牙进口火腿和小母鸡烹制十几个小时。哇，说着说着我的口水就流了下来。毛尚宫的鲍鱼很好吃，但是太少了，一人一只，我舌头一舔就没了，于是不得已吃了很多菜花。

毛尚宫还准备了铁板牛扒。上好的牛扒，抹了一层盐之后放在煎锅上进行铁板烹制，结果非常咸，以至于蛋蛋中途离席变成盐巴虎儿飞出了窗外。只有我坚持吃完了整块牛扒，算很给面子。

毛尚宫家里很好玩，你可以看到他从美国购置的据说能分解大豆DNA的玩具，几乎全新的各类图书，像鼻毛器一样的翻译器以及XBOX的"摇滚乐队"。哇，摇滚乐队实在太好玩了，有两把吉他、一个架子鼓以及一个麦克，四个人玩。由于我乐感和节奏感非常差，因此我来控制麦克，只需要跟着音乐和提示哼出曲调。蛋蛋弹吉他，和菜头打架子鼓。我们配合得非常好，每支歌都在九十分贝以上，直到楼上的

毛尚宫的炖鲍鱼
和蔼可亲的毛尚宫
鸡脚(画得像扳手了)
鲍鱼
咸肉
酱油
开饭啦!!
米饭
鲜美的鸡汤
放了正宗的金
华火腿!
鲍鱼配花菜
浇毛尚宫亲自
调配的鲍鱼
汁!!
当然也少不了
可乐和啤酒
啦!

老太太派了保安来敲门。

　　小奥同学在尚都的一家火锅店组织了生日晚宴，我们怀着激动的心情参与，因为这是例行的奥总一年一度唯一一次的大请客。晚宴前，我们都吃了面包，因为晚宴一定是吃不饱的。小奥同学亮丽出席，买奔驰和发大财的事情又变成了奥总的例行话题。来自上海的朋友也参与了晚宴，还很扭捏地不好意思抢东西吃，结果完全没有吃饱，我们集体批评了他。豆豆几次提出要加盘肉，都被奥总以其他话题岔开了，不过他完全领会了豆豆的意思，因此加点了一大盘烧饼和杂面。

　　唉，生活真是太愉快了。礼拜五去吃大董，我在豆豆的授意下打包了鸭架子，回家用新买的高压锅炖了一锅色香味俱全的鸭架子汤，豆豆周末跑来我家喝了两大碗（主要是她自己盐搁多了不得已把一碗化成两碗）。

　　同志们，该怎么 Happy 才好啊！！

香山惊魂记

周六本来想去滑雪,但是起晚了,于是出去吃了个下午茶,喝了一杯咖啡。蛋蛋买了面粉、奶酪、萨拉米肠等东西在家自制比萨。蛋蛋酷爱一切跟面有关的东西,比如做个手擀面啊、刀削面啊之类的,这次是自己揉了个比萨面饼,放上奶酪、橄榄、萨拉米肠等烤了个意式比萨。

周日本来想去滑雪,但是起晚了,于是出去吃了个下午茶,喝了一杯咖啡。然后就做了一个相当错误的决定,去爬香山了。到香山已经是下午五点半,等我爬到半山腰的时候,天都黑了。于是我非常害怕,因为我快要爬到香炉峰的时候,在山里听到了三声怪叫,声音听起来很近,草丛里好像有人!于是我赶紧奋不顾身地玩儿命往上爬。

到香炉峰顶,看到两个韩国男人和一对情侣。但是原本不是这样设计的,蛋蛋应该会雄赳赳地站在峰顶迎接我,可是我没有看到他,这个白痴一定以为我爬不到峰顶所以没有等我就下山了,而他还把手机落在了车里。于是我必须做出一个决定,是跟着韩国男人下山还是跟着情侣下山。经过简单的思索,我觉得韩国男人未必是好东西,于是我选择了那对情侣。

　　他们大概刚认识没多久吧，还在热恋中，男的一直搀扶着女的，很体贴地提醒她哪里有台阶。而我，很厌气地一直跟在人家后面，当男的提醒女的有台阶的时候，我就赶紧也注意一下。不过那个女的好像眼神不太好，"PIA PIA"地净摔跟头了。他俩走得很慢，而我几乎一直保持两米的距离，太远我就该害怕了，因为那时天已经全黑，瞪着眼睛都未必能看到路。

　　快到山下终于接到蛋蛋的电话，据说他果然认为我肯定爬不上去，因此快速下山冲到了山下的雕刻时光找我……蛋蛋问："你爬山的时候，听到了三声怪叫吗？"我立刻恐惧地说："听到了！你也听到了？"蛋蛋很得意："那是我叫的！那是我很独特的叫声！可以传得很远！"……

247

诚惶诚恐验车记

白天我去验了车，真是劳累的一天。

我选择了通县的一个验车厂，因为我在百度上查了一下，发现那里的口碑还不错。我过去了之后完全不知道该怎么验。我战战兢兢地问一个貌似是工作人员的人："是要先填表吗？"他指向远方含混不清地对我说："找那个XXX的人。"我至少问了三遍："哪个人？"他都含混不清地回答我，后来我使劲听了听，发现是"那个戴帽子的人"。

于是我找到了那个戴帽子的人，填好了表格。一个工作人员过来二话没说拿走了我的表，以及车钥匙，什么也没有交代就钻进了我的车里。我正在犹豫不决及抓耳挠腮之时，远处有个人对我喊："你！过来！"我吃惊地看着他，完全不知道过去干吗。可是他还在冲着我喊："过来！过来！"我惶恐地望着他正要拔脚过去，旁边又出现了一个工作人员，厉声对我说："不是叫你！叫我呢！"……

于是我诚惶诚恐地等在一边。验完了不知道什么之后，工作人员把我的车交给了我，然后说："去，那边儿填表去。"我进了一个小屋子，发现有很多表格散落在桌子上，然后桌子边有几个填表的人，我过去问他们："填什么表啊？"他们都茫然地看着我说："不知道。"……

幸亏有个黄毛小伙子，非常热情，他是这里专门代验的，不仅仅教了大家怎么填表，还严肃地批评了我的表格填得不规范。他还教了我们表格需要粘起来，而且必须按照顺序粘。我看了他粘的过程，完全没有看懂，四张表格，一会儿正着粘一会儿反着粘……后来他大概看到我已经崩溃到要把胶水抹在自己脸上了，于是帮我粘了表，还给我指出了下一个环节的验车地点。世上还是好人多啊！

接下来的事情还是比较顺利的，除了验车灯的时候。我觉得这个环节完全就是一个反应比赛！工作人员让我坐在车里，大声地发布着口令："开近光灯！开雾灯！开双蹦！开远光！开右转向！开左转向！踩油门挂倒挡！"我在车里手忙脚乱地开着灯，当让我开远光灯的时候我已经分不清哪边是大灯了，于是不小心开了雨刷器"噗"地喷出了水，导致现场更加混乱。

当我疲惫地验完了所有的环节去盖章的时候，窗口人员说："您还有罚款没处理，明天早上再来吧。"……

交朋友，一定要交住在家乐福对面的

我们常常在周末组织喜人的钓鱼加烧烤活动，我负责准备肉和烧烤用具。考虑到钓上来的鱼可以直接烤，所以我没有买太多的肉，只买了六块牛扒、二十多根翅中和一包维也纳辣肠。参与活动的有我、蛋蛋、菜花、豆豆和小马等人，这些肉应该是不够吃的，所以能否吃饱完全取决于能否钓上鱼来。

买完东西，我立刻后悔了，因为自己可能吃不饱。于是我一共给豆豆发了三条短信："豆豆，去你家对面的家乐福买点一次性餐具。"半小时后："豆豆，去你家对面的家乐福买点羊肉串。"再半个小时后："豆豆，去你家对面的家乐福买点孜然。"豆豆真是一个特别靠谱的好同志，她的回复分别是："行！""好！""嗯！"交朋友，一定得交住在家乐福对面的。

第二天，阳光明媚，我们斗志昂扬地出发去沙河的鱼池钓鱼。

我们大概早上十一点开始钓鱼，主要是蛋蛋和小马在钓，我、豆豆和菜花在一边负责聊天。那天风有点大，但是我们的位置很好，在一片树的后面，因此外面四级风，我们这里就是三级风。唯一不好的，就是

那片树后面是菜地，估计刚施完肥，吹过来的风臭臭的……

那里有几块小石头可以用来坐，豆豆一屁股就坐在了一块很脏的石头上，我则拿着餐巾纸，很小心地垫在下面，边坐边问豆豆："你不怕脏啊。"豆豆满不在乎地回答："有什么啊，我擦都不擦。"就这样，我们愉快地聊了半个小时天。突然，豆豆站了起来，拿了三张餐巾纸，要垫在屁股下面，风呼呼地吹，豆豆撅了半天也完完不成这个任务。我和菜花非常不解，菜花问她："你都坐了半个小时，蹭了一溜够了，还有什么可垫的啊？"豆豆满不在乎地回答："我就是这样的，思路可奇怪了。"……

大约到十二点半的时候，蛋蛋终于钓上来了一条鲫鱼！我很不满意，因为鲫鱼刺儿太多了，我本来要求钓罗非鱼的。不过既然钓上来了，那就吃吧。我们就开始激动地搭烧烤架，开始进行各种烧烤。我们烤了羊肉串、鸡翅（我还带了蜂蜜，刷在鸡翅上）、鲫鱼（鱼池老板负责杀）和香菇，都特别好吃。

下午大约三点钟（这期间我、菜花和豆豆一直在吃），蛋蛋又钓上来一条大鲤鱼！非常大。我们四个人已经很撑了，但是我们仍旧继续烤了吃，一直吃到下午四点。最震的是，蛋蛋下河去收竿的时候，发现又钓上来一条鲫鱼，但是我们实在没有力气吃了，就留给豆豆回家熬汤喝。

每个人都很困，也很饱，连开车回家的力气都没有。蛋蛋算是功臣，因为他是唯一一个钓上鱼来的人。

临走的时候，我们由于清理了现场带走了所有的垃圾，所以得到了鱼池老板的表扬，他说他下次还允许我们在这里烧烤。在回城的路上，我、蛋蛋和豆豆一辆车，我们由于过度困倦而在路边停车睡了二十分钟，之后菜花和豆豆都到我家一起看了半集《指环王》。

周末就这么过去了，我完全没有休息够，很伤心。

荒野大援救

蛋蛋那天很开心地问我:"周末去老掌沟骑马吧!"我心里一凛。老掌沟那个地方,我太熟悉了,去了好几次,每次都会碰到状况,或者迷路,或者陷车,或者有人骑马受伤,没个消停的时候。但是很奇怪,蛋蛋对于去那里有着无比的热忱。

菜花曾经说过很经典的一句话:"在我记忆里,非常难忘的时刻都有蛋蛋的身影。"她所谓的难忘时刻,指的是在零下二十度的地方露营或者在零上四十度的地方烧烤这类事。是的,每当我回忆起生命中鲜有的危险或艰难时刻,蛋蛋的大脸就会活蹦乱跳地出现在我的眼前。

我也是个奇怪的人,我总相信世界会和平,以及蛋蛋会靠谱,加上周末确实无聊,所以我不仅自己答应了去老掌沟,还叫上了菜花。菜花也是个不长记性的人,竟然同意了。我们都不知道,一场暗藏杀机的荒野大援救活动正在悄悄地走向我们……

周六早上,菜花来我家找我,我们坐上了蛋蛋钟爱的大吉普老白(吉普圈里被称为"大白柴"),雄赳赳气昂昂地出发了。蛋蛋的这辆老白,一个月大概能用上一次。柴油车在市里是不能开的,尤其还是一辆彻底改装了所有主要零件的柴油车。这是蛋蛋最喜欢的大玩具,开起来显得很神气,专门用于去沙漠、草原、高原这类地方。

从北京城里到老掌沟林场大概要六个小时车程,其中有一段是在山里开,上坝头,那段是最艰难的,有蛋蛋最喜欢的"胳膊肘弯儿"。

我们出发的时间有点晚了,本来约好了笨笨等人在高速公路的加油站集合,可是我们晚了半个小时,于是人家先出发了。在加油站,蛋蛋自己嘀咕了一句:"哟,忘记带地图了。"说者无心听者有意,我赶紧和菜花下车到加油站的超市买了很多零食。这一路,指不定走到哪里去呢。

天公还不作美,当我们快走到护林站的时候,一场暴雨来袭。各位户外越野车爱好者迅速迷失了方向。有一件事我其实很奇怪的,老掌沟这个地方,蛋蛋他们来过很多次了,不知道为啥,每次都要找路。还有一件事我也是很奇怪的,蛋蛋从来没有带对过路,不知道为啥,大家每次都相信他。

有一个路口,笨笨根据自己的判断左转了,蛋蛋根据自己的判断右转了。随后,蛋蛋又走到了一个岔路口,他看着眼前的路在车台里坚定地说:"我肯定走的是错的,我上次就是在这里走错了一次,笨笨的方向是对的。"于是我们掉头,跟着笨笨走。又走到一个岔口,雨下得很大了,有个老乡披着雨蓑慢悠悠地在山里溜达。蛋蛋下了车,过去问路,大约五分钟后回来,他看着眼前的路在车台里坚定地说:"这条路是错的,我问老乡了,我刚刚走的那条路是对的。"

滂沱大雨中,我们翻来覆去地多次掉头。

好在老乡是靠谱的,我们终于走到了梦寐以求的半截沟,翻过坝头,再走大约十几里地,就是老掌沟林场的老章家。这段路虽然有些艰难,但是至少还顺利,我们下午五点左右成功到达了老章家,并且让老章开始准备烤羊。到老掌沟的路有千千万,难度不一,半截沟是中等难度的一个选择。

我们的这个车队大概有四辆车,十一个人,但是据说我们后面还有一个20联队有十几辆车,由于离我们很远因此车台联系不上了,手机也没有信号。我们思索了很久,有点担心人家跟我们抢羊吃,所以一下子就点了两只羊。

晚上六点,20联队那边的废老和小宁率先登上了坝头,找到了手机信号,给蛋蛋打了电话,十几辆车最终只有四辆车进了沟,进来的四辆车还有两辆陷在沟里了,需要蛋蛋和笨笨开车救援。于是他们两个人开车走了,我们剩下的人监督烤羊事宜。

救援的情况还不错,最终四辆车都成功登上坝头,而我们的两只烤羊也烤得七七八八,我早就摩拳擦掌准备吃了。随后得到消息,后来的人宣布不吃烤羊,两只羊都属于我们。烤羊很难一下子都烤熟,所以我们先吃外面焦焦的一层,把熟肉刮掉之后接着烤里面,再上另外一只烤羊刮熟肉,两只轮着吃,吃到所有人都无话。

老章家之前养了很多条狗,"乌墨"大概是养的时间最久的,其他的狗由于各种原因被送到别的村子去了。乌墨名字的由来是因为它全身乌黑,据说是纯种的狼青,应该是一种很厉害的狗。由于来的客人多了,它对谁都很温顺,总会走过来摇尾巴,蹭蹭你的腿,就是不舔人。我觉得这个习惯很好,我不喜欢狗舔我,总觉得臭烘烘的。

乌墨也不回老章的院子,就趴在客人住的院子里看着我们。这个院子有时候也会有一些不速之客,例如一只黄色的卷尾巴猪和一只黑色的直尾巴猪。每当这时,我们就对乌墨大喊:"乌墨!猪来了!"乌墨当时就算是在睡觉,也会"腾"一下子把头抬起来,四处张望,看到猪后拔腿就追,直到把它们通通赶出院子。其他的狗都很害怕乌墨,一般不进院子,但是我也亲眼看到乌墨自己邀请了一只看起来很像小绵羊的母狗进来溜达。

乌墨对于赶猪的事情很在意,从来不疏忽,只有一次是例外。

那天我和蛋蛋、菜花出去骑马,乌墨非要跟着,一直跟出很远,似乎是怕我们出意外。菜花对乌墨说:"乌墨,别跟了,怪累的。"可是乌墨只是抬头看着她,默不做声。就这样,它至少走出去好几里地,后来马跑得快了,它跟不上了,就自己溜达了回来。我回来得比较早,看到乌墨趴在院子里,呼呼地喘气,很累的样子。

这个时候,那两只不长记性的猪又鬼鬼祟祟地进了院子。笨笨冲着乌墨大喊:"乌墨!有猪!"只见乌墨疲惫地抬头看了一眼,那两只猪就在它的正前方。我们都以为它会奋起直追,没想到乌墨镇静地转了个身子,把后背对着猪们,假装自己没有看到。笨笨再大喊:"猪!有猪!"乌墨也照旧一脸漠然地望向远方。它真的是很累了。

因为有狗和那两只猪,我觉得那个寒冷的院子多了很多生趣。(其实老章家还有一只非常贱的猫,但是由于它陷入了冬眠状态,所以我没有见过它醒着的时候。)乌墨是条好狗,下次去老掌沟烤羊,一定还把羊头给它吃。

我们第二天,其实没有什么行程。本来打算去骑马,可是睡醒了觉发现腰酸背痛,大概是昨天车太颠了,坐在车里很较劲闹得。老掌沟的马很野,一点儿不听话,自己想跑就跑连招呼也不打,而我的胳膊没力气拉缰绳,所以搞得很危险,就干脆不骑了。

中午吃了饭在草原里发了一会儿呆,下午大概两点多,准备回家。

原定回程是走另外一条路，叫老栅子，也要翻坝头，然后无数个"胳膊肘弯儿"下去，这条路虽然翻山，但是比较近。这次的路更不好走，因为刚刚下过雨，路况跟马来西亚热带雨林一样，而他们的车胎都不是热带雨林专用的，走在泥地里就跟滑雪一样，很容易横着就出溜到一边去了。刚开始一段路还没有爬山，只是平地，我就看到周围的车各种漂移。蛋蛋的车也是，我坐在车里，就感觉到车完全没有跟着方向盘在动。这样的情况，走老栅子是很凶险的，大家商量了一下，还是走大滩，然后一路高速回去。

在去大滩的路上，在头车的老倪问："蛋蛋，前方是直行还是右转？"蛋蛋坚定地回答："抄收了！左转！"于是老倪选择了直行。过了一会儿，笨笨到了同一个岔路口问蛋蛋："这里右转吗？"蛋蛋坚定地回答："抄收了！右转！确认！"……

大滩的路结果也不好走，因为修路和下雨，变得很泥泞，不过对于越野车来说还算没问题。蛋蛋很热心地援救了一辆陷在泥地里的小货车，然后我们继续前行。蛋蛋开车总是很凶猛，菜花在后座被颠得跳来跳去，无数次头磕在车盖上，后来不得不在脑袋顶上梳了一个辫子用来减震，否则颈椎要被磕进腹腔里了。

终于走到了一段柏油路，我们却都听到了"呲呲呲"的声音，尤其在转弯时很明显。

蛋蛋下车看了看，神色凝重地上来了。我问他："有问题吗？"心中期待的答案是："没事儿！"但是蛋蛋却回答："有，大问题。"他在车台里呼叫了小宁，说了一堆我听不懂的话，大概就是车不能开了，让小宁过来看看。小宁是个修车小能手，每次有他在我都会比较放心，而蛋蛋的老白也是一直由小宁负责改装的，所以他对老白很熟悉。

我也跳下了车，从正面看了一眼，发现，前面两个轮胎成外八字撇着。原来是一个叫"前束（音译）"的东西，连在两个轮胎的中间，本来是弯曲的，愣是被磕直了。

小宁想了一个办法，把老白卡在路上，让老倪的车在前面，把脚盘的钩挂在老白的前束上，然后老倪往后开，用老倪车的力量把直了前束再拉弯。这个方法很奏效，至少可以让蛋蛋坚持把车开到丰宁县城。

祸不单行。小宁坐在废老的车上睡着了，废老想抽支烟，却发现打火机不见了，于是他用了车里的点烟器，成功抽上了烟。但是半个小时之后，突然一缕青烟从点烟器里冒了出来。废老赶紧停车检查，发现车子不发电，各种保险好像烧成一团。于是废老的车在漆黑的深夜里熄着灯跑到了丰宁县城。

到了丰宁县城，修车铺几乎都关门了，好不容易找到一家，这家人看了看废老的车然后说："好修好修，我来修。"咣当咣当一阵敲打之后，修车的人很得意地说："修好了。"之后小宁试图把电瓶拔掉测试，只见车内一道闪电划过，油泵又烧坏了……

那个时候已经是晚上十点多，我们离北京还有二百多公里，废老的车肯定不能在今晚回去。而蛋蛋的车，在拉弯了前束之后好像走得一直不错。不过保险起见，大家建议还是修好之后再走。小宁去问县城里的人："你们县长在哪儿修车？"县城里的人指到了一家"京北汽车修理厂"。

蛋蛋开着老白到了京北汽车修理厂的门口，只听到"咣当"一声脆响，车底下一个大杆子应声而落。蛋蛋趴下去一看，原来由于拉前束的

257

力量过大,绷断了四根螺丝,现在整个前束干脆掉下来了。真的很幸运,在修车厂门口才出了这个问题。这要是在高速上,或者在山里,前者是很危险,后者是完全没救。

于是,我们这个周末彻底被滞留在丰宁,遥望北京温暖的家。

传说中的黄油蟹

在某一年的六月份，我去香港吃了黄油蟹。首先，我们来认识一下这种可爱的动物：

"黄油蟹是粤港澳等地近年新兴食用的名贵蟹种，享誉南国，有'蟹中之王'的美称。其价格是国产众蟹之冠。黄油蟹生长在咸淡水域交界地区，产地有一定局限性，多见于香港的流浮山、珠江流域，尤其是东莞市虎门太平（本湾）以及深圳市后海湾海面。通常只有农历五月末至八月中旬短短两个多月是'当造'季节，亦是美啖黄油蟹的最佳时节。"以上内容摘自百度百科。

我老早就在策划这次行程了，以我谨慎、缜密、悲观的态度，我提前一个月就订好了酒店、机票和吃黄油蟹的鸿星海鲜酒家。正值金融危机时节，我使用了两张雅高卡的亚洲区免费酒店住宿，并且在国航网站上找到了 1280 门北京到香港的往返机票。这样，我把旅行中的预算压到了最低，就可以在餐饮上大幅消费了。

香港天气很热，但是都没有我吃黄油蟹的热忱高。

周五晚上到香港,我立刻杀出去吃了满记甜品。蛋蛋点了一个榴莲布丁、一个榴莲味道的杨汁甘露,吃得满嘴大便味儿。而我则只吃了一份杨汁甘露就撑得不行,满记的甜品给的分量实在太大了。周六中午,是激动人心的黄油蟹时刻。作为一个从来没有吃过黄油蟹的人,我点了鸿星里最大的一只黄油蟹,十一两重!那只蟹上来的时候,我虔诚地看了看它,轻轻地打开了它的壳,一股特殊的蟹油香味扑面而来,露出里面娇艳欲滴的满壳黄。

黄油蟹最赞是在其蟹黄是稀嗒嗒的,蒸的时候渗透进了蟹肉里,于是蟹肉变得像蟹黄一样美味。最好的做法是清蒸,然后蘸姜醋汁吃,原汁原味。我的黄油蟹不仅仅分量足,而且黄满满地塞在壳里,一点儿缝隙都没有。蒸熟的蟹身颜色介乎红色与黄色之间,蟹盖、蟹爪关节处均可透见黄色油脂。但是,人生难有完美时。我的蟹蒸得有些老,蟹肉没有那么滋润,口感发干,以至于我认为,这只十一两的黄油蟹并没有十一两的大闸蟹好吃。

黄油蟹之后,我高兴地去了IFC(香港购物休闲中心)帮大家询价及采购各种东西。豆豆让我帮她带个眼霜,我就去了她需要的那个品牌的专卖店。那天穿的鞋子不合适,我娇嫩的小脚都磨红了。于是当店员问"小姐,我给您免费测试一下皮肤吧"的时候,我赶紧就一屁股坐在了椅子上。

之后店员用各种东西在我脸上蹭,放在机器上检验,最后检验结果出来,我竟然除了缺水以外,皮肤的弹性和新陈代谢都很好!我之前在脸上的投资终于有回报了!最有力的证据是,蛋蛋也做了同样的测试,他的皮肤看起来非常好,而且他每天睡眠超过十二个小时,但是他用香皂洗脸并且不用任何护肤品。结果怎样?就是不如我!豆豆听到这个消息后遗憾地说："啊？看来视觉效果真的不作准的。"

于是，我决定追加投资。

当店员听说我之前一直在使用全能乳液之后，立刻请出了自己家新推出的全新奢华系列……我试了试护肤水，感觉非常好，就买了一套……蛋蛋问："哇！你买了这么多的护肤品！"我佯装镇定地回答："噢？这里有给豆豆带的东西啊。"但其实，里面只有给豆豆带的一支390门的小眼霜……

是夜，我们又去了默默强烈推荐的镛记吃饭。镛记的烧鹅超级有名，我问默默："除了烧鹅之外还有其他推荐吗？"默默回答："双份烧鹅！"于是我和蛋蛋就点了半只烧鹅以及他家著名的姜汁皮蛋等若干。烧鹅是还不错，有很浓厚的烟熏味道，但是半只吃下去，还是觉得很油腻……

在香港的时间很短，周日就要走了，让人高兴的是，由于我是国航金卡，所以虽然是640门买的回程票，还是被升级到了公务舱！蛋蛋在香港机场急燎燎地买了酒和雪茄，到了北京的T3航站楼发现，比香港免税店便宜多了。强烈推荐在T3航站楼买东西。一瓶蓝方，香港机场一千四百港币不打折，在北京T3航站楼的免税店卖一千人民币还再打八五折，便宜了真的不是一星半点儿啊。

回到北京，猫啾凑过来蹭我的腿。等到天冷的时候，它就要依偎着我睡觉啦。

各类舞蹈爱好者

我和以前大学舞蹈队的同学聚会了一小下。一聚会才知道,在大三之后,我就沉迷于各种打工,很少参加舞蹈队和话剧团的活动了,而其余的队员排练了很多劲舞,还去参加了"青春劲舞大赛",得了第四名。我好羡慕他们,本来我也应该在青春劲舞大赛里得第四的,可惜年华不在,没有机会了。

菜花同学作为舞蹈队里的长辈,我记得她还曾经张罗过一场舞蹈表演专场。在那个专场里,我没有跳舞,但是我是主持人。这基本就是我和菜花的舞台,我主持,她跳舞,简直没别人什么事儿。菜花在吃饭的时候激动地说,青春劲舞大赛后,她和另外两个女生在旁边的小饭馆吃饭,三个女生拿捏作势地还一人点了一支烟,旁边坐的一桌男的送了一盘烤串给她们。我一直以为,那个时候的我,青春、年少、很二儿,想不到还有比我更二儿的。

小苗同学和我基本属于一个行当,他现在是 D 公司税务的。在我的印象里,他就是一个吸溜着鼻涕跳街舞的小孩儿,现在竟然也混到 D

公司税务去了。小苗一瓶接着一瓶喝酒，边喝边说："我觉得那个时候最快乐，我觉得那个时候最快乐。"是啊，我也觉得那个时候好快乐，不知道那种快乐哪儿去了？

小苗一直在问我们："你们难道不想干点儿什么吗？"对于我而言，我其实特别想演一出话剧，跳舞就算了，我没有什么天赋，跳舞真的需要天赋和小时候练的基本功。菜花说，可以开一个舞蹈工作室。她信誓旦旦地说："在国外，很多学跳舞的人开工作室，有些人专门给好莱坞编舞。"这个话题，没有继续下去，因为大家都知道不可能，给湖南卫视编舞人家都看不上呢，还好莱坞。

冬天在万龙滑雪，几乎每次都能碰到小畅，当她光速般地从金龙道上飞驰而下的时候，我正在中级道上扭捏着控制速度。所以她说："滑雪不累啊？不就是出溜一下滑下来吗？"我回答："那是你，换作我，我需要用尽全身力气让自己很缓慢地滑下去，这是很累的一件事。"

小畅当时的拿手之作叫"神圣舞会"，被我们翻跳了无数遍。我曾经带着菜花和小畅在安达信年会跳过一次，小畅带着菜花在自己公司的年会上跳过一次，菜花带着小畅在北工大跳过一次……这是很好的一个舞，非常炫，可是我已经几乎忘记怎么跳了。现在的我只会走路。

真好，大家虽然都不再跳舞了，却在积极地干着别的事情，只要生活的激情还在，人生永远都是年轻的。

父母就是有一种让人沉静下来的力量

我爸爸是一九三九年十月十一日生的，但是我怀疑他其实是十月十日生的，因为我爸曾经不经意地提起过，在那个遥远的年代，大概和双十节同一天生出来的人都有被蹂躏的可能，所以为了划清界限，我爸把生日改成了晚一天。当然，这一切都是我的猜测，我最爱无风起浪了。

十月十一日那天，我带着我爸妈一起出来吃饭，还有我姐、我姨一家子人。其实在吃饭的前一天，我在家里大哭了一场，从晚上十点开始哭一直哭到了凌晨。因为我完全不能够接受我爸七十岁了的事实，他在我心里，永远是那么那么那么那么年轻的样子。不过这种伤心，在我第二天见到我爸之后就立刻消散了，他其实还是那副样子，儒雅的、快乐的、平淡的、很像温家宝的……样子。

我爸一直在念叨，说自己头发白了。没有全白，是花白，我爸的头发以前是乌黑发亮的，油脂分泌极为旺盛，眉毛也是乌黑发亮的，跟抹了鞋油一样。现在呢，那些乌黑发亮的头发仍旧乌黑发亮，只是层层叠叠的，出现了很多白头发。我爸试验了各种各样的方法，先是用那种染发剂，结果头发是黑了，头皮开始过敏，长了很多小泡。看偏方说用黑豆磨成粉，沾上水变成糊糊抹在头发上也行，我爸也试验了，效果怎么样不知道，但是头发根根直立，跟"家有好男儿"似的。

我妈在家里是负责做饭的，于是，家里的饭能淡出鸟儿来。我妈总是振振有词地说，要少吃盐少吃盐。不过也不能完全不放盐啊。要知道，我爸可是个四川人，不能吃盐，不能吃辣，对他来说有多痛苦。所以上次，我在家给我爸妈做了一顿饭，我妈一直在说我做的味道太重了，不过我看到我爸吃得碗里一粒米饭也不剩，把剩下的汤也全喝光了。

这次带他们出来，我特地挑了四川菜，点了毛血旺和水煮牛蛙，被大家一抢而光。

我爸妈都是喜欢新鲜事物的人，还要求我带着他们去过迪厅。进去之后，我爸妈一人点了一瓶啤酒，像模像样地喝着，大家都对他们俩很侧目。后来，我妈的心脏要跟着鼓点一起蹦出来了，我和我姐就赶紧带着他们撤了。从那以后他俩再也没有嚷嚷过去迪厅的事儿。

我爸妈曾经要过我博客的地址，我想了想还是没有给，因为给了他们地址，我就更加不能在博客里发牢骚了，或者写那些我出去玩碰到的危险事儿，会让他们担心的。尤其是我爸，虽然他不善言辞，但是心思很重，并且感情细腻而丰富，看电视都会偷偷地哭。有时候我认为，我继承了我爸的感情细腻以及我妈的表达能力，并且极大地进行了发挥。

对父母而言，文字不是唯一表达情感的方式，多看看他们，多问候他们，多关心他们才是最正经的事儿。一写到我的父母，不知道为什么，我的心情就会沉静下来，大概因为他们有那种让人沉静下来的力量。

幸福天天都点名

我喜欢邀请一些朋友来我家，我下厨给大家做饭。

今年我搬了新家，因为新家都是甲醛，需要一些新鲜的肺过来做空气净化器，我就是怀着这样阴暗的心理邀请了小奥、千千、默默、菜花、帅帅一家子和豆豆一起过来吃饭。豆豆刚生完小孩，还在哺乳期，完全走不开，但是她太好奇我家的样子了，所以特地喂完孩子赶紧过来一趟。豆豆的样子完全不像生过小孩，她特地穿了一条极瘦的裤子，挑衅般地混迹在我们这些没生过孩子的人里，让我们羡慕不已。

不过，豆豆的大胸在哺乳期完全不起什么作用，徒有其表，每隔好几个小时只能产出一百毫升奶，都不够小朋友塞牙缝的。大家都十分看好我，虽然我是 A 杯天后，但是老天爷完全不是以貌取人的！

我每次做饭菜都不够吃，所以我就订了一些羊排和小龙虾，以免这次还是不够吃，然后我自己炖了一大砂锅莲藕芋头排骨汤，做了蜜汁鸡

自己做饭的一天

🍄 + 🧄 = 橄榄油炒蘑菇

🥩 + 糖 + 醋 = 糖醋猪小排

🥬 + 🥔 + 浓汤宝 = 小白菜香菇汤

⇩

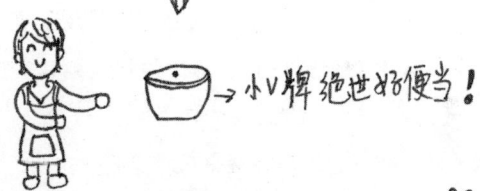

→ 小V牌绝世好便当！

不得不说，我很有做饭的天赋！！

翅、番茄大虾、韭黄炒鸡蛋和炝炒圆白菜。我就会做这么几个菜，但是这几个菜做得惊为天人异常好吃。大家一下子就把菜都给吃光了。

大家在一起看了一会儿《暮光之城》，对吸血鬼产生了浓厚的兴趣，我觉得吸血鬼长得都太帅了。但是我们毕竟年纪大了，对情节非常不以为然，全然认为这种一见钟情的爱情完全不可能，所以一部如此浪漫的爱情片，让我们议论得完全看不出浪漫来。后来帅帅一家子来了，真的是一家子，还有他无比可爱美丽的小女儿妞妞。妞妞戴了一顶花条的小帽子，以及和其搭配的小围脖，外面是一件灰色小碎花领子的条绒外套，好看极了。

以前看照片，没觉得这小姑娘这么好看，那天看到真人，完全和照片不是一个档次的，小尖下巴、单眼皮、双颊绯红、留个齐刘海，俨然就是个端庄秀丽的小美女。两岁多了，很文静，不爱说话，非常喜欢喝我精心调制的莲藕芋头排骨汤，喝了一碗半。我们暂停了《暮光之城》的播放，因为少儿不宜，改放宫崎骏最新动画《悬崖顶上的金鱼姬》。发现没有中文配音只有字幕，帅帅说她其实也看不懂，就是看看画儿。

给大家做完饭，我欣慰地坐在餐桌边打算吃点东西，妞妞抱着我家沙发上的长方形靠垫步履蹒跚地走过来问我："阿姨，这个能拿走吗？"我敷衍了她几句把她打发走了，转头对帅帅说："你孩子教育得太好了，出门不拿点儿东西回家就算亏啊。"帅帅假装生气地说："败家孩子！为什么不去抱阿姨家的电视？"……

猫啾完全从众人的视线中匿了，躲在书房的窗帘后面。我带着妞妞去参观了一下它，它很不以为然，在窗帘后面打了个很大的哈欠，并且开始用爪子洗脸。它最近行踪非常诡异，白天在错综复杂的床底下待着,晚上会像没事儿人一样溜达出来和我们一起看电视,完全不知道脑子里在想些什么。

饭后,大家相继离开,我们问妞妞:"你最喜欢谁啊?"妞妞艰难地抉择了半天,指着小奥说:"我最喜欢这个叔叔……"小奥当时幸福得几乎要晕倒了,并且立刻把自己非常封建迷信、重男轻女的思想放到一边,发誓自己最想要一个妞妞这样的完美女儿。大家纷纷感到不忿,强烈要求妞妞再选一次,妞妞妈也一直教育她:"想好了再说啊。"妞妞陷入沉思,望了一眼正在辛勤洗碗的蛋蛋,没有说话。后来听帅帅说,妞妞出门之后对他爸说:"这个叔叔家好玩,还来。"靠啊,果然是个美女坯子,从小就只关注男性……

我每天晚上都看江苏卫视的《幸福晚点名》,李艾和彭宇主持的,很好看。这是一个很搞笑的节目,但是我也看哭了一次……有一次李艾回忆起她小学的时候,有个男生每天坚持接送她上学,后来李艾妈妈问他:"你住哪里啊?"李艾才知道,原来这个小男生其实住在离学校很近的地方。这个故事不好哭,而是李艾后来很羞涩地通过节目说:"小光头,如果你看到这期节目的话,记得和我联络哟。"看到此处,我突然哭了,因为我想到了很多。

我想到,以前那个小光头现在估计也三十了,也许生活很落魄,他虽然偶然看了节目,知道李艾在找他,他拿起电话却迟迟没能拨下去,因为他和李艾,已经身处在不同的阶级,走不到一起了。或者,那个小光头现在早已经成家,和妻子的关系并不好,他拿起电话却迟迟没能拨下去,因为他看到了那个在远处的小小光头欢叫着冲他跑来。再或者,那个小光头现在衣食无忧身边美女环绕,于是他根本没有在晚上看《幸福晚点名》这档节目,而是在和某个美女玩SM游戏，李艾却在重拾小时候的美好回忆，对未来充满幻想……哇塞，这是一个多么悲伤的故事啊……

　　想到此，我的眼睛湿润了一下，只一下下，因为其实这些都是小哀伤，忘记这些小哀伤，幸福天天都会来点名的。